那些
回不去的
时光

解 磊/著

重庆出版集团 重庆出版社

图书在版编目(CIP)数据

那些回不去的时光 / 解磊著. —重庆:重庆出版社,
2016.6

ISBN 978-7-229-10680-5

Ⅰ.①那… Ⅱ.①解… Ⅲ.①长篇小说—中国—当代
Ⅳ.①I247.5

中国版本图书馆CIP数据核字(2015)第280213号

那些回不去的时光
NAXIE HUI BU QU DE SHIGUANG
解 磊 著

责任编辑:陶志宏　汪晨霜　张　蕊
责任校对:夏　宇
装帧设计:重庆出版集团艺术设计有限公司·刘沂鑫

重庆出版集团
重庆出版社 出版

重庆市南岸区南滨路162号1幢　邮政编码:400061　http://www.cqph.com
重庆出版集团艺术设计有限公司制版
重庆华林天美印务有限公司印刷
重庆出版集团图书发行有限公司发行
E-MAIL:fxchu@cqph.com　邮购电话:023-61520646
全国新华书店经销

开本:889mm×1 194mm　1/32　印张:7.25　字数:120千
2016年6月第1版　2016年6月第1次印刷
ISBN 978-7-229-10680-5
定价:26.80元

如有印装质量问题,请向本集团图书发行有限公司调换:023-61520678

Contents

第一章 重逢

2014年11月，上海，微冷。

难得今年的武康路特批不用清扫落叶，满地的金色叶子都幸免于难，留了下来。武康路偏些的地方有一棵那样突兀的榕树，不仔细看是瞧不见榕树后头藏着的这条窄窄的巷子的。

洛潜心和万千上海的女文青们一样，唤这条弥漫着神秘色彩的巷子为榕树巷，顾名思义就是来源于那巷子尽头的榕树。说是小巷倒不如说是万千文艺青年们的避风港，巷子里头干净得很，保留着上海老弄堂水墨画一样的青砖黛瓦，融合着欧洲的英伦风，简直就是追求宁静者的天堂。

榕树巷不属于上海，洛潜心如是说。她来这座城已经十年，三千多日夜的拼搏，上海已经把她彻头彻尾地改变了。无论是深夜都如同白天般明亮的人民广场上空，还是人流永远络绎不绝的外滩沿江景观路，都是上海的魔障。

而像榕树巷这样的地方就成了真正的宠儿，洛潜心绕过榕树走进这只容得下一对人并排走的巷子里，她几乎每天都会来这里。十年了，她还是没有放弃，有时候看见穿着棕黄色大衣的身影，她总会心头一颤，以为他出现了，但是这么久，她再也没有见过他。时间真是个可怕的东西，什么都可以吞噬，残骨不余。

榕树巷往里走二十步，最右边的拐角里头有一家门面相当低调的咖啡馆，因为没有名字、门面，也没有门牌，于是大家都叫这里榕树巷37号。

榕树巷37号由一位中年男子经营着，像洛潜心这样的常客都叫他David。David煮得一手好咖啡，做得一桌好甜点，最上手的布朗尼就是这店里的招牌，没吃过David的布朗尼就是没来过榕树巷37号。

洛潜心推开木质边框彩色玻璃纸装饰的店门，David养了一只纯种黝黑波斯猫，一只蓝眼睛一只黄眼睛。两眼明亮闪烁的巧克力豆从店边的巨大玻璃花瓶的高处跃下，稳稳当当地落在洛潜心的肩膀上头，刚一落脚，那红色的小舌头就不住地舔着洛潜心的脸。

潜心是这里熟到不能再熟的常客，要不然高冷的巧克力豆也不愿意靠在她的身边。David常常说，是潜心身上那股子高处凌寒的气质对上了巧克力豆的性子了。

"潜心，你来啦？"鼻子高挺的David从点心室里走出来，他一个一米九高的男人却穿着一身点心师的衣服，那围裙穿在身前，加上上头圆圆的巧克力豆的装饰，真是形成了一种巨大的视觉冲击。

"画面太美，我是真的不敢直视啊。"洛潜心笑言，半蹲下身子将巧克力豆放在地上，小家伙一溜烟儿就不知道去什么地方逍遥自在了。潜心继续笑着，兴许一天之中最快乐的时光也就是当下了吧，仔细想想，这一笑似乎也是一天中第一次展露的笑颜也说不定呢。

"我一个大老爷们儿一个人经营这么家小店面，又是当爹又是当妈的，你不帮帮忙也就罢了，倒是只会戏弄我。"David笑着抬手就在洛潜心的鼻梁上来了一下，落手，就是一片白色的粉末。

说起David也是个传奇一样的男子，留学英国七年，却回来在这样一个地儿开起了咖啡店，实在是让人想不通，而David自己似乎也不愿意提起这件事情来。洛潜心

和 David 熟络起来之后的有段日子里面，倒也是问过
David，他却只说一句"发生在伦敦的事情就让它永远留
在伦敦吧"，便敷衍不谈了。潜心也明白，像他这样的男
人，本可以在一线商场叱咤风云，却甘愿自己打理一家
并不怎么来客的咖啡馆，其中的种种，想必也不会比自
己的过去要好多少吧。

心病，向来是最难医治的。

"今天来得倒是早。"David 说道，"我这儿还没客人
来呢。"

洛潜心打量了一下自己这每日必来之地，空荡荡
的，的确一个顾客都没有，也是，这榕树巷本就不是条
做生意的街，知道榕树巷的也不过是零零散散的文青们
在周游上海的时候"偶得"的，既然是"偶得"的，自
然人就少。只是这咖啡馆从天花板到地面每片砖瓦都是
英伦味儿十足，墙上的画框里的油画，木质桌头顶上的
黄边儿吊灯，还有椅子套边缘细致的由针线手工做的花
边，这些种种倒是都浪费了。

不过，David 说过，真正的浪费是把好东西用在了不
懂的人身上。因故，潜心也就不觉可惜了，况且人少，
安静，也是好的。

"今天公司没什么事情，我就先过来了。"洛潜心抬

手把David肩膀上的白色面粉拍干净，而后极其熟练地从David挂在脖子上的围裙口袋里面取出两三张纸巾把自己鼻尖的面粉也擦干净。

"你就是忙，上海这么大一城市，有多少家做TVC的啊，你这忙劲儿，倒像是整个上海的TVC的活儿都被你们公司揽了去了。"David一边说一边回身从吧台里头取出一只特别精致的玻璃杯，杯面是磨过砂的，大概一百毫升的样子。David把杯子放在靠窗户位置的桌子上头，向着洛潜心做了一个"请"的手势道："老位置，布朗尼和美式咖啡，不加白糖也不要黄糖。好的，收到，您稍等。"

David自问自答了这半会儿，朝着洛潜心笑了笑走回后厨去了。洛潜心坐在这常年来自己的专座之上，望着窗户外头，从这里的视角望过去正好可以看到巷子头的那棵榕树。兴许是快入冬了，巷子里一个人影儿也不见，倒是巧克力豆跑在外头的青石板路上和邻家的猫儿逗趣呢。

他依然没来。

洛潜心眼中的色彩黯淡下来，那句承诺在耳边响起，回忆就像是在昨天，十年前的自己站在那个和自己相恋了七年的男人面前。

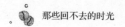

"明天我在榕树底下等你，如果你决定不去美国了就来找我，如果你还是要去美国，就不要来见我，我们就此银货两讫，一刀两断!"

"你等我!"

然后，就是十年的等待，那个从高中就和自己在一起的男人在她23岁生日的这一天离开了她的生命，就像是一团蒸汽一样，消失得干干净净，只留下她一个人痴痴地在榕树底下哭到雨停彩虹起。

"来，布朗尼。"David把布朗尼端到潜心的面前，瞧着潜心一副忧伤沉思的样子，不着声色地叹了口气。他脱下围裙，露出里头的棕褐色衬衣，坐在洛潜心的对面。

他望着眼前的女人，眼前的女人却望着窗外。

她的故事他都知道，那是一个雨夜，12月2日，她的生日，那天她手里头拿着半满的酒瓶摇摇晃晃地撞进自己的店面里头。

"潜心，你这是怎么了?"正在后厨忙活的David连忙放下手中的活儿，冲出后厨，一把夺走了洛潜心手中的酒瓶。

"你干什么?!"洛潜心仰起头来，头发凌乱，眼部的妆容也被不知道是泪水还是雨水所淋毁，她像个疯婆子一样，没有了作为一个世界500强外企HR所该有的那种气质。

"把酒给我，我要喝酒！"

"你喝什么喝？！" David 眉头一皱，抬手就将那酒瓶摔碎在吧台。

"你干什么？！" 洛潜心就像是整个大脑的弦儿都断了一样，向后退了几步，指着 David 的鼻子就喊："你们男人没一个好东西，说好的天长地久，说好的海誓山盟，说好的不离不弃，说好的海枯石烂都死到哪里去了？"

"潜心，你醉了，别说胡话了。" David 上前抱起洛潜心，她整个儿瘫在他的怀中，哭成了泪人儿。

"他说过会来的，他说过不会去美国的，他是浑蛋！是浑蛋……"

她喃喃着昏睡过去，却不知道 David 的一双眼睛复杂地望着她到天明。

原本以为她是职场上的胜利者，是生活的征服者，却没有想到，她也有一段惨不忍睹的曾经，和一段永远都不可能放下的心病，就像是他 David 自己一样。

猛一瞬间，那个刹那，David 觉得，眼前这个躺在沙发床上蜷缩成一团的女人和自己是那样地相似。

　　所谓强者，往往都是内心最为脆弱无力的，有些时候，或只是一个念头，就散了。

　　于是，就像是现在，她望着那棵榕树，十年前的承诺与相约，她仍然是放不下。

　　"这榕树有些时候了。"David开口说道，目光锁在洛潜心的眸子之间，她一慌答道："是好久了。"

　　"潜心……"David犹豫着开口道，"有些话，我实在不知道当讲不当讲。"

　　"什么话?"洛潜心望向David问道。

　　和她的眸子对上的那一刹那，也不知道缘何，想说什么，都咽回肚子里头了。

　　"吃点心吧。"David笑望着她，自己比眼前的女人大几岁，那种说不明白的怜惜就越发地强烈了。

　　"猜猜我在里头加了什么新材料?"David温柔问着，屋外的玻璃上零零散散地落下了几点水滴，顺着玻璃向下滑去，留下的痕迹也都转瞬不见了。

　　"核桃?"潜心问。

　　David摇摇头。

　　"嗯……山竹?"她继续问。

　　David继续摇头。

　　一问一答，来回反复，David却只是摇头，这布朗尼里哪里加了什么新的材料，唯一不同的就是做布朗尼的人吧。

"这雨水真大，你小心点儿。"

一个男人的声音响了起来，门被推开。

David回过身去，看着门外挤进来一对夫妻，他们的孩子盖着雨披，但父母都是顶着满头的雨水。

"不好意思，我们今天不——"

David话没有说完，勺子落在地面上的声音骤然响起。David回头望向洛潜心。

她的双眼紧紧地盯着这刚进来的一家三口，确切地说，是那戴着老款式眼镜的男人。

她以为她再也见不到他了，但是老天就是会开这种玩笑，十年之后，她终究是遇到了他。

看着潜心的眼神，David就明白了些什么，他回头望向进来的男人，那男人也瞧见了潜心，脸色僵硬，发青。

"你先招呼客人吧。"潜心起身，淡然说道，"今天的布朗尼和往日里的一样好。"

言毕就笔直走向那刚进门的男人身边。

男人的眼神一路跟着她，直到她走到自己眼前。

"先生，借过。"她开口道，男人一愣，身体极其僵硬地向边上侧了侧。洛潜心低着头推开门走进雨中，一

把黑色的伞在空荡荡的巷子里头展开，恍若一朵黑色的玫瑰。

"怎么可能？怎么可能？"洛潜心摇着头快步走在雨水之中。

十年了，她等了十年，上天终于给了她一个结局，她终于不用再等了，因为她已经再次遇到他了，只是这个时候，她已经不是当年的她，而她的他也已经不是她的他了。

洛潜心只是想等着，兴许能再看到他，却是没有想过若是真的见到他了又该怎样，是扑上去泪眼汪汪，还是举起一杯红酒畅快地淋洒在他的头顶？而当这一天真正到来的时候，却是如同路人般擦肩而过。

她在无数个夜晚幻想过自己和他的再一次相遇，但是却没有想到自己和他十年一别后的第一句话，竟然是："先生，借过。"

又或者这才是最好的结局，岁月没有对他太过仁慈，那身路边运动衫，和他妻子那粗糙的皮肤，似乎那次决定并没有让他从此登天无忧。洛潜心走在雨水之中，自己甚至没有好好看他一眼，只是感受到了他周身散发出来的那种叫做苍凉的气息。

他似乎过得并不好，但是她似乎并不开心。

或许当年被抛弃的怨恨已经成了过往的烟云，随着岁月消失不见了吗？

她不再多想，向前走着，试图说服自己，一切终于画上了句号，她这颗十年没有放下的心，也该落地了。

这就是最好的结局，十年间，你结婚生子，我事业有成，挺好。

洛潜心的步子越发地快，正走到那榕树前头，却听见后头一阵脚步声，而后就是那熟悉的嗓音唤着自己的名字："洛潜心？"

洛潜心深深地吸了一口气，转身，望着身后的男人。

"你是——"她强忍着不说出他的名字，只是不想击垮最后的防线罢了。

"我……"男人一愣，似乎没想到洛潜心会忘记自己，不过那一愣和微微的失望也只不过是转瞬即逝罢了，而后更多的是释然。

"是我啊，萧燊。"他道。

"萧燊？啊，是啊，你是萧燊。"洛潜心笑着，那是她职场沉浮十年换来的无懈可击的笑容，她走上前，抬手，萧燊一愣，抬手握了上去。

熟悉的温度，却不再是自己的专有。

"好久不见，萧燊，我是洛潜心。"洛潜心干练地笑道。

萧燊寒酸地抽回手回答道："好久不见……我记得你的。"

我记得你的，简简单单的五个字却让洛潜心心头一痛，她仍旧笑道："真是不好意思了，刚刚在咖啡馆里头倒是没认出来，你的变化倒是很大呢。"

萧燊点点头，抬眼望着洛潜心说道："你的变化也很大啊。"

洛潜心一笑，是啊，她的变化自然是大，经由一个纯情少女成为如今的职场白骨精，她所经历的所付出的，又有谁会知道呢？

这样一来，二人却又是无话。

此时沉默的半秒都像是半个世纪那样冗长，还是洛潜心率先开口说道："你说说，你怎么追出来了啊，嫂子和孩子还在里头吧？你快回去，别让他们等得着急了。"

萧燊似是有话想说，却最终没有说出口，点头问道："你……你现在过得怎么样？"

"挺好的，你呢？"洛潜心反问道。

萧燊点点头说道："挺好的。"

"那就好。"洛潜心道，"萧燊，我这边一会儿还有个会要开，这样，我留个名片给你，我们再联系？"

潜心言毕就从包里抽出一张名片递给了萧燊，萧燊接下名片说道："我这……我一个教书的，也没有什么名片。"

　　"教书？在哪儿教书？"洛潜心问道。

　　正说着那头响起了萧燊妻子的喊声："老萧！"

　　"我该走了。"萧燊说道。

　　洛潜心点点头道："那，再见。"

　　"再见。"萧燊点点头转身往那雨中跑去。

　　洛潜心看着他女人拉着他似是在问些什么，他摆摆手不愿作答的样子，眼神却是不住地往自己这边望，洛潜心连忙转身快步向前走着，再回头时，后面已是烟雨朦胧，没有什么了。

　　十年一别，再见时，你我已成路人。

　　奈何岁月。

　　David 站在吧台后面，萧燊的孩子趴在吧台的台面上望着玻璃罩里头的甜点。他的母亲似乎很是在意，一把拉过那孩子，扯到一边。

　　"您不吃点什么？" David 望着孩子面黄肌瘦的样子，忍不住说道，"我看他挺饿的。"

　　"不吃，他不饿！"那女人凶神恶煞地，言语里头还带着浓浓的外地口音，David 再看看刚刚被叫回来的萧燊，坐在一边的咖啡桌前，目光留在外头。David 知道，他的目光是留在刚刚离开的潜心身上的。

David 自己对于潜心和眼前这个男人的故事也不熟悉，只知道那个雨夜，他选择去美国发展而独留潜心一人在雨中伤心欲绝。想到这里，David 看着这一家人的目光就不再和善起来，尤其是眼前这个男人，看他的样子早就是虎落平阳了，从头到脚就是一不入流的小市民的样子，潜心怎么会继续被他魂牵梦萦呢？

若说这现世现报，David 觉得真是应了这样一句话，萧燊当年那样冷血地对待洛潜心，从她的生命之中消失十年而不见踪影，现如今却娶了这样的老婆过着这样连点心都舍不得吃的生活，也是替潜心出了口气。

只是这么多年了，潜心隐忍得还是足够可以，只刚刚的光景，换做别人，早就不是如此淡烟流水一般地平和了。这般隐忍也就只有那个女人能够做到，但这隐忍之后的苦痛又有谁会知道呢？

David 笑望着眼前的孩子说道："小朋友叔叔给你取块蛋糕来吃好不好？"

小孩子先是点点头随即像是忽然想起了什么一样，又摇了摇头，仰着脏脏的小脸望着自己的母亲，那个穿着大红棉袄凶神恶煞的乡下妇女。

"我们只是来避避雨。"那女人开口道，"要是不买东西不让进，我们就走。"

David刚想解释，萧燊就站起身来，抬手从自己的内衣口袋里头取出来几张零散破碎的钱递给David道："您看看这些能买点什么。"

David只是瞥了一眼那些钱，那几张可怜的票子，连这里最便宜的拿铁都买不到，David笑道："别了，看着您方才去追潜心，想必和潜心应是相识。"David说着抬手从玻璃罩里面取出一块提拉米苏盛放在小碟子里头，推到小孩子面前道："既然是潜心的朋友，那也就是我的朋友，这点糕点算是见面礼了。"

小男孩看了一眼自己的母亲，那女人听着David的意思是不要钱，就抱起孩子，拿着那碟子坐到一边稍稍大些的桌子上吃去了，提拉米苏的蛋糕渣落在地上。

"抱歉，孩子和他娘刚刚进城，没什么见识，见笑了。"萧燊说着望着David。

David释然一笑道："您客气了。"David点点头推了一杯热拿铁在萧燊眼前道："您这淋了雨先喝些热的，缓过劲儿来才是，免得着了凉。"

"你方才说……你和潜心——"萧燊开口问着却不知如何落嘴，有些尴尬。

David 点头解释道："是，我和潜心关系不错，认识了有几年了，不知称呼您什么，我也好想想潜心她有没有和我提起过。"

"潜心经常和你提起关于她以前的事情？"萧桑的身子向前倾了倾问道。

"说的倒是挺多的。"David 再次追问道，"您是——"

"哦，我姓萧，是潜心以前的——以前的同学。"萧桑顿了顿说道。

"是萧先生啊。"David 嘴角一勾，手上的青筋一暴，莫名其妙的怒火就从心里头翻到了喉咙里头，他的手在吧台下面捏碎了一只高脚杯的玻璃垫，鼻尖的肌肉略微地抖动了些许道："萧先生，潜心说过有个什么东西放在我后厨里头来着，说是和你有关。"

"和我有关？你说她留东西给我了？"萧桑连忙问着，掩饰不住自己的期待和意外。显然，在萧桑看来，潜心应是对他恨之入骨了才是。

"啥东西？还留给你？你不是说你那个同学认不出你来了吗？"那女人坐在远处，耳朵却是精明得很，她开口问道，语气之中各种严厉和怀疑。

"兴许就是留给朋友的一些上学时候的老物件。"萧桑冷冷地回答道，"你不懂。"

"我是不懂。"女人说道，"你可别忘了俺娘跟着你来这儿是为了给宝宝看病的。"

"看病？"David问道，"孩子生了什么病？"

萧桑显然是不想讨论这个事情，音量稍微抬高了一点说道："那东西——不知道您方不方便给我看看。"

"哦，那物件还挺大的。"David说着就走进后厨道，"要不您跟着我进来看看？"

萧桑点点头跟着David走进了后厨，一进门，David就反手把后厨的门一锁，一记重拳打在了萧桑的肚子上头。

萧桑顿时就捂着肚子躺在地上。

"不打你的脸是看在你孩子的面儿上。"David的目光凶狠起来，一点儿没了往日里温柔善良的咖啡店店长的样子，相反那墨绿色的瞳子之中折射出的是一种说不明白的怒火。

"这一拳是为了你十年前抛弃潜心！"David说着又是一个铁拳狠狠地落在了萧桑的胸口，萧桑那肚子上头的痛还没消了去，胸口就闷声一记重拳，哪里还受得了，剧烈地咳嗽了起来，David打开换气机，通风口的响声遮住了萧桑的咳嗽声。

"我告诉你，你以后离潜心远点儿，眼不见为净，我担心潜心看着你心里头烦，她已经够累了，一个人撑着公司的半边天，不像你，老婆孩子都有了。"David一边说一边揉捏着自己的手指上头的关节，关节碰撞，发出清脆的响声。

"你是说……潜心她还没有结婚？"萧燊爬坐起来靠在一边的烤炉上大口喘着气说道。不想话一出口衣领就被David揪了起来。

"怎么？你还有什么想法？"David的目光死死地盯着萧燊的双眼，萧燊嘴角的肌肉僵硬地向着一边一扯道："你喜欢她。"

"……"David一愣，没想到这种时候这个背信弃义的男人会说出这种话来，他的手臂用力一甩，萧燊被顺势扔在了地板上。

"怎么？你连承认喜欢她的勇气都没有吗？"萧燊问着，嘴角露出了笑意，那种笑意对于男人而言就是一种讽刺和一种嘲笑。

"她的事情和你无关，以后最好不要让我在这条巷子里面见到你。"David咬合肌上下移动，抬手系上了刚刚解开的衣服最上端的扣子，似乎是又回到了那个温柔的店长的样子，而将那野兽一样的愤怒与攻击性留在了黑暗之中。

"……"萧燊一言不发转身开门离开，门开关的声音响过，David的呼吸急促起来。不错，这个男人刚刚问到了，经过之前的事情之后，他David早就已经丧失了爱人的能力，他不敢承认所有感情。

曾几何时，他坐在洛潜心对面，相识五年，无数的机会，他都可以拉住她的手将她从阴霾中解救出来，但是他不敢，只是因为那些被留在了伦敦的故事。

伤得太重，那些看似结痂的伤口是短短几年时光无法愈合的。

对于伤痛这件事情来说，时间并不是解药，而是更强烈的催化剂罢了。时间越久，那种撕心裂肺的痛就越加强烈。

一声巨响，David的拳头落在了桌子上面，一条裂痕断断续续地延伸出现，那满是血液的浴室的恐怖画面似乎再一次浮现在他的大脑之中，陪衬着怒吼和近乎狂野的尖叫……

第二章 旧梦

时间过得总归是迅猛到不为人们所发现的，就好像昨个儿穿的还是短袖夏装，今天一出门就要换上过膝盖的棉衣了，这些除了怨一下上海的鬼天气之外也没什么办法，人嘛，总归还是要乖乖就范的。

但是，春夏秋冬的穿衣准则对于洛潜心来说是并不存在的，作为整个蓝街广告公司人人见之恨之爱之又惧之的人力资源部总监，她必须每时每刻都显露出属于自己这个领导阶层的干练。于是12月的第一天，整个蓝街公司就让人看不懂了，几乎所有的小员工们都一个个俯在案上努力地做着TVC策划设计，而以洛潜心为首的女领导班子们无不都是黑色短裙搭配露出脚背的细长高跟

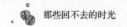

鞋，只光是看着就冷得慌。

洛潜心坐在自己的办公室里，揉捏着太阳穴，几天之前的那次再度相遇让她没有办法从中立刻走出，一切就好像是一场梦一样，只不过是梦魇一般的痛苦罢了。

她的手再次不争气地拉开了那长长的最底层的抽屉，那本厚重的《世界建筑》已经是绝版了。她捧着那本书出来，一手小心翼翼地翻开，内页目录上萧燊两个大字就那样显露出来，这本书她保留了好久好久，或许不止一个十年了吧。

那时候，上海金茂大厦刚刚竣工没有几个年头，一般人很难进得去的，可是到金茂大厦的最高层向外望一望却是他那年生日最大的愿望。

实际上，距离萧燊的生日还有一个月的时候，洛潜心就有意无意地问起他想要什么来了。

"萧燊啊。"潜心道着，眼神飘忽着四处张望。

一边儿推着自行车向着前头走的萧燊漫不经心地瞥了一眼自个儿身边这位和以往相差甚远的女子暗自笑笑道："怎么了？看你恍恍惚惚的样子。"

"我啊，最想要的生日礼物是——"

洛潜心刚一开口，萧燊就停下车子连忙极其威严地说道："洛潜心同志，你这也是挺有意思的啊，是你洛潜心的时间概念和普罗大众有什么区别还是怎么样，要是我没记错的话，你的生日不是还有三月吗？"

"是……是啊，只有三个月了啊。"洛潜心生怕自己那点不好意思直接问萧燊想要什么生日礼物的小心思被他看破，连忙自己圆场说道："哎哟，你就别管几个月了，我就是忽然想到了嘛。"

"行，那你说吧，你要什么生日礼物。我争取提前准备着，不过你可记住了要是是什么食物啊甜点啊，到时候生日那天到了你手里头过期了可不能怨我啊。"萧燊忍不住调戏一番眼前这个可爱的女孩子。

"什么啊？我知道你萧燊勤俭节约立志强，可是也不至于给我节约到这个地步啊？"洛潜心信以为真，着急得直跺脚。

"哎哟，你这智商也真是挺愁人的。"萧燊说道，"我这不和你说段子吗，我现在准备了吃的，过期了，意思就是都怪你提前这么早和我说喽。"

"那还怪我喽？"洛潜心说道，"萧燊，我可是你女朋友呢，提前知道女朋友想要什么不是男人们最幸运的事情吗，你小心我改了主意不告诉你了，到时候我生日你可别为了给我挑让我顺心的礼物而奔波劳苦。"

"你喜欢什么我还不知道吗？"萧燊嘀咕道，"把你的满意度十分制，只要是吃的那就五分以上，榴莲蛋糕七分，仙芋甜点八分，彩虹蛋糕九分。"

"怎么都是吃的？"洛潜心先是眉头一皱，随即傻乎乎地笑了一声，往前一跳，撞了撞萧燊的肩膀，笑嘻嘻却又不好意思地说道："不过你说的这些还真都是我喜欢的，哎，那十分的是什么？"

"这十分的——"萧燊顿了顿，皱着眉头，似乎很是犹豫地弯腰在洛潜心的耳边低语了几声。

话刚说完洛潜心就红着脸跳起来道："哎呀，萧燊，你知不知道害羞啊。"

"你要是觉得不好，那就算了。"萧燊扬了扬眉毛很是无所谓地说道，"反正对我来说也没什么。"

"没什么？"洛潜心听了这话就急得跳脚道，"什么叫没什么，难不成你跟别人——"

"想什么呢，你可是我的初恋。"萧燊看这可人的小脸又涨红了起来，连忙解释一番。

洛潜心这才安心下来，又问道："既然这样，那你倒是和我说说，你最希望干什么？"

"短的和长的，你要哪个？"萧燊问道。

"这种事你也分长短？"洛潜心甚是疑惑道，脸色绯红。

"我是说长期心愿和短期愿望。"萧燊一脸无奈解释道。

"嗯，我长的短的都要听。"洛潜心说道。

"得了吧。"萧燊道，"就你啊，别说这长的了，短的估计都费劲。"

"你倒是说说啊，你不和我说，怎么知道我不能帮你实现啊？"洛潜心说道，"你可别忘了，我可是当年咱们一中的一姐。就没有我办不成的事儿。"

"哎哟，我的一姐女友啊。"萧燊脸色一黑说道，"你可别在这儿说这些有的没的了，当年你给我做蛋糕那事儿，你是忘得干干净净了吗？"

提到这蛋糕事件，洛潜心连忙闭嘴，那天应该也是她一生难以忘记的时刻吧。

于是，在洛潜心同志的软磨硬泡大法之下，萧燊就把自己短期的愿望告诉了她。

"就这事儿？"洛潜心道，"上个金茂大厦有什么难的，交给我了。"

萧燊侧着脑袋望着她道："你应该知道金茂刚刚竣工没多久，还不允许人进去吧？"

"这你就甭管了，我自有办法。"洛潜心连忙岔开话题问道，"那你的那个长远的愿望是什么？"

"那个，等我足够老了的时候啊，再和你说。"

今天的洛潜心瞧着那本世界建筑，那天，深秋里他的生日，萧燊就是带着这本书被她一把拉着到了金茂大厦里。

夜深，大厦里没有什么人，他们挽着手站在楼的最高层，窗户外的上海第一次那样的渺小，光束弥散着动人的光晕，那些光照在两个年轻人的脸上。

"你知道吗？"萧燊握着潜心的那只手越发地用力，仿佛害怕这个女人不知道什么时候就会飞走一样，他低声说道："我的梦想是当一个建筑师。"

"那就是你的长远梦想吗？"潜心抬头望着他的那双眸子，就好像是无尽的银河绚丽到要将她吸进去一样。

他低下头来，凉凉的唇停留在了女人的两片细腻薄唇之上，长长的，仿佛过了一个世纪。

"你——"潜心脸红心跳，这是他们的第一次亲密接触。

"那天我撒了谎。"朦胧之中，少年萧燊从背后搂住她，下颌抵在潜心的一头清新的发上温柔道，"将来，我一定会成为世界上有名的建筑师，我设计出的第一个作品就要用你的名字命名，而它也一定会进到这本书里，永远不会离开，就像我们一样。"

这是洛潜心听过的最浪漫的告白。

那一刻，她真的觉得此生停留在那一分钟已然足够。

"小妮子！你偷了我的门卡还敢这么张扬旗鼓地在这里！"门卫老头的呵斥声响了起来，打破了这难得的浪漫。

"你偷了人家门卫的门卡才混进来的？"萧桑还没来得及问完就被潜心拉着奔了出去。

"你该不会，该不会因为这个就收回刚才说的话吧？"潜心一边儿跑一边担忧地问道。

"你放心，我向来说话算数。"

刺啦的响声，手上的《世界建筑》就被撕了一页，潜心颤抖的手掩住满是眼泪的面。什么说话算数，她甚至没有机会知道那男人的长远愿望，就到了今天的境地。

"萧桑，难不成你说的长远计划，就是弃我而去吗？"她低声呜咽着，一张照片从书中滑落出来，那是他们的合照，穿着高中的衣裳，那样长的岁月，仿佛就在昨天，挥之不去。

洛潜心和萧桑高中同在一所高中念书，当时的洛潜心就已经是校园里面的风云人物了，围绕着洛潜心发生的故事往往就是办公室里那些早已经人老珠黄的女人们茶余饭后的谈资。而这其中的种种劲爆堪比琼瑶电视剧

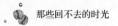

的，当然就属洛潜心和萧燊之间的那些有的没的了。

当年的萧燊是学校里头的学霸，别说谈恋爱了，素日里几乎都不和女孩子说话，不过萧燊偏偏长了一张帅气的脸，用当时门口卖鸡蛋灌饼的老阿姨的话来说就是："这孩子要鼻子有鼻子要眼睛有眼睛的。"

当然，按照女生们的大众思维来考虑的话，在一般情况下，长相和学力是成反比的，而这在某种程度之下是没有办法共存的。于是征服零智商+颜值的男孩子容易，但是想要靠近这样集结于智慧和美色于一体的萧燊可就不是什么简单的事情了。

"接受挑战！"整个八楼寝室的地面差点被震起来。十八岁的洛潜心一个翻身从床上落到了地面上。

"洛潜心你作死啊！"向来以美人自称的室友林夕望着完美落地还在忙着展示体操一般的落地姿势的洛潜心翻着白眼说道："我看你是想男人想疯了吧？萧燊那样的货色，你这个全校都臭名昭著的洛潜心还想去分一碗羹？"

"要你管，我洛潜心一向就是天不怕地不怕，正巧我最近也是闲得慌，闲着没事儿勾引个男人也不错。"洛潜心边说边脱掉自己的上衣，只穿着件粉红色的Bra在宿舍里上蹿下跳地找着自己的换洗衣服。

"你啊，衣服脱得比谁都快。"林夕说着继续在镜子前面涂抹自己火焰一般的烈焰红唇。

当时正值洛潜心十八岁生日，于是钓到萧燊就是洛潜心给自己的生日礼物。

于是，第一次告白，是这样的。

下课后的午后，教室里空荡荡的，只有萧燊一个人坐在教室中央抬手处理着连数学老师都弄不明白的数学题目。洛潜心就那样站到了他的面前。

"喂！萧燊你听好了，我要当你的女朋友。"洛潜心桌子一拍，却是一阵寂静。

"没兴趣。"萧燊淡淡地回了一句，然后收拾起书包转身就要离开。

"喂喂喂！萧燊你也太过分了吧！什么叫没兴趣？！"洛潜心连忙上前拦住萧燊说道，"整个一中谁不知道我洛潜心是公认的美女？你今天跟我说明白了，什么叫做没兴趣？！"

然后，接下来发生的事情给洛潜心的少女时代蒙上了巨大的阴影，萧燊忽然低下头来望向洛潜心的胸部，然后叹了一口气，果断走开了。

"喂喂喂！萧燊你那个叹气是什么意思啊！"于是洛潜心倒追萧燊的第一局就在洛潜心的怒吼中落下帷幕。

当然后来到了大学，洛潜心倒是就这个事情问过萧燊。

"你当时盯着我的胸叹气是怎么回事？"洛潜心道。

"没什么意思啊。"萧燊一边儿在巨大的画板上画着高高低低的建筑图案一边回答道。

"喂，你不和我讲明白了我可和你翻脸哦。"洛潜心在画画的萧燊边上这样叨叨了足足一下午。萧燊终于收起图纸站起身来。

"你倒是说啊。"洛潜心继续喊道。

"贫乳这种事情没什么不好意思的，我不介意的。"接下来萧燊就非常爷们儿地在洛潜心的肩膀上轻轻拍了拍以示安慰，而后转身走开。

"喂！萧燊你也太过分了！我告诉你，你的那什么也没大到哪里去好不好。"话一说完洛潜心的脸就红了起来，整个画室都安静了下来，几乎所有的人都望着萧燊。

萧燊停下脚步，整张脸都黑了下来。洛潜心知道自己是酿了大祸，原本的几分理直气壮都迅速消失不见了。

死一样的1分钟的寂静，萧燊嘴角一勾，走到洛潜心的面前，嘴巴十分靠近地贴在她的耳际，低声说道："大到哪里去你心里有数。"

那天之后的半个月，据说洛潜心都没有再在公共场合里面出现过。

至于校园"扛把子"一姐洛潜心到底是怎么追上萧燊的，在整个一中都流传着各种各样的版本，从霸王硬上弓到死磨硬泡吃药上吊，各种版本，无奇不有，但是事情的真相却也只有洛潜心和萧燊两个人知道，而那个夜晚是他们永远都不能说出去的秘密。

　　"我看着你这两天心不在焉的。"公司的总裁老乔治不知道什么时候已经坐在了洛潜心的面前道。

　　"对不起，最近有些事情。"洛潜心说道。

　　"我觉得你需要好好休息一下。"或许这就是中国上司和外国上司的区别吧，中国上司在意的是你几点离开公司，而外国上司在意的是你究竟做了多少贡献。

　　"或许，也是该先休息休息了。"

　　不知道今年的上海究竟是中了什么样的魔障，好好的冬天，眼瞅着落叶都被冷凄凄的冬风扫落干净了，却是不见一丁点白雪，反而都是些落叶。这个初冬，洛潜心终于感冒了，还没等她的上司给她假，她就自己先病倒了。

　　才几天，外头的叶子就一点金黄都不剩了，光秃秃的树干干涩地立在外头，一点希望的味道都没有。在洛潜心看来，希望的味道就是那个晚上，也就是一中十大谜团之首——洛潜心究竟是怎么和萧燊好上的？那一个夜晚究竟发生了什么？那或许是曾经最愿意回想起来的记忆。但是对于现在的洛潜心来说，这些都是不想再去回忆的过往，因为太在意，所以更痛苦，因为爱得太高，所以当摔下来的时候，就更狠，血肉模糊。

电话那头David的声音响了起来，像是冬风刚刚过去的太阳的第一缕温暖。

"你的声音听起来怎么那么沙哑？"David有些着急。

"我没事儿的。"洛潜心的身体靠在冰冷的墙壁上，她从来没有像今天这样感觉自己的公寓如此空荡，冰冷灰暗。

"还说没事儿，声音都听不出男女了。"David道，"你等着，我去找你。"

"别——"潜心的话音还没有落得干净，David就把电话挂断了。

洛潜心放好电话，拖沓着不舒坦的身体走到浴室的浴缸前面，笔直地坐在一边，抬手将喷头的温度调到了最高的位置，等那些水灌满浴缸，就一头扎进去。作为三十岁出头的职场单身女性，汇聚所有单身女性的悲哀于一身的洛潜心当然也是有点自己靠自己的本事的。这么多年，她似乎已经忘记了被人照顾被人关心究竟是什么感觉了，直到遇到David。和David之间的暧昧，洛潜心自己心中也清楚，多少次她都清楚地认识到自己和他的关系已经到了那层纸最薄的边缘的一侧，只要一方坦白或许就会彻底贯通。不过，她从来不敢戳破那张纸，十年里，她一直在疗伤，萧桑的身影却永远霸占着她的脑子，她还根本不敢去想如果某一天David对自己坦白她该怎么回应，她一定不会选择接受，但是也舍不得从此尴尬地失去David。她承认David是个好男人，而且是那种在这种不是伪娘就是渣男的世界中打着灯笼都找不着的男人，只是她不能接受也不能渴求，因为对David来说这是一种不忠和不公。

电话的铃声隔着浴缸里头的水进入了洛潜心的耳朵里，她从水中抬起头来，鼻子在那一瞬间通畅，她起身去接电话，只刚刚接起来，那头就是不平稳的呼吸，而那不平稳的呼吸是她最为熟悉的呼吸，多有意思啊，她熟悉地记得他的呼吸声，他却一声不吭离她而去。

"哪位?"洛潜心尽量让自己的声音听起来正常。

"我，萧桑。"他道着，背景声音是空荡荡的走廊声。

"哦……萧桑。"她回答道。

"我——"萧桑开口着，却是满满的局促和生硬，电话这头的她却是不知道自己究竟是在期待什么，十年了，她究竟在期待什么。

"你能来趟市医院吗?"萧燊道,他的答案和洛潜心的期望相差甚远。

"医院?怎么了?"洛潜心问道。

"我在上海就只认识你了,你还记得上回你见到的那个孩子吗?"

"你说你儿子?"洛潜心问道。

"……他有白血病。"萧燊说道,"这次我回上海就是为了给他治病的——不过我这边没有熟人,干着急——我本不想麻烦你的,只是孩子他妈一个劲儿地……"

"我到了给你电话。"洛潜心没等他说完就挂了电话,随便套上一件套头衫就出了门。她承认在过去的十年的某个瞬间她诅咒过他让他不得好死,但是老天这次未免也太偏袒自己了,他的生活居然窘迫与烦恼到这种地步。

洛潜心在上海也是人脉广泛的,只一会儿孩子的床边就来了好些个专家大夫来探望,甚至是牙医都过来顺道检查检查孩子的口腔怎么样。拜谢了最后一位医生,洛潜心和萧燊站在走廊里头,隔着玻璃看着孩子的妈在床边安抚孩子入睡。

两个人先是一言不发,萧燊低着头从口袋里头摸了支烟出来,正要点上,洛潜心抬手一拍,那烟落在地上,就好像把他们带回了曾经一样。

这个动作对于洛潜心而言完全是下意识的举动，刚进大学的时候，萧燊被那些来自五湖四海的大学新朋友们带着整日里头抽烟，浑身的衣服都是一股子烟味儿。

　　"你身上这烟味儿重得都赶上工厂顶上那大烟囱了!"刚刚结束CET4的考试，洛潜心抬手打掉了萧燊手里头刚刚点燃的烟。

　　"你干什么？这烟可贵着呢!"萧燊一慌，俯下身子就去捡烟，不想手刚刚碰着烟，洛潜心的脚就踩在了他的手背上。

　　"哎哟，你做什么?"

　　"你看看你这副德行，跟高中时候真是差着十万八千里去了。"洛潜心一副老妈见儿子一脸不争气的样子道。

　　"行行行，我戒，我戒烟还不成吗?"

　　后来的半年里，洛潜心做的最多的动作就是抬手打掉萧燊手里还没有燃烧起来的烟。哪怕他背地里偷着抽两根，即便事后浑身喷香水，洛潜心也是立马就闻得出来。说起喷香水这个梗，那阵子萧燊的性取向一再被同宿舍的舍友们所怀疑，那天睡上铺的胖子一回宿舍，正看着萧燊往自己身上喷香水，一边喷还一边闻，被此情此景闪瞎了眼的胖子只能默默离开。再后来就有了下面这段对话。

"我先洗澡去了。"瘦子端着脸盆就要出门。

"得，我和你一块儿去。"胖子从泡面里头抬起头来道。

"我也去。"萧燊说道。

瘦子脚步一顿若有所思地说道："哎呀，我和秦老师约了一会儿见面讨论论文的事情来着。"

"哦，对对对，我一会儿要去趟医院——"胖子也连忙说道，"这么大的事我都忘了。"

萧燊眉头一皱看着这两个莫名其妙的人道："胖子你去医院干什么？我也没瞧着你有什么病啊？"

"我……我……我去做个手术。"胖子一着急开口说道，话音刚落，一边的瘦子就抬手拍在自己的额头上头，萧燊一再以为那个表情是当今QQ盛行的拍额头表情的来源。

"手术？什么手术？"萧燊继续逼问道，"你的阑尾可是去年冬天就割了。"

"这——"胖子脸一红说道，"我去割那啥！怎么不让啊?!"

五分钟的鸦雀无声，不过那之后的半年，胖子上课都是用高数课本遮着脸的。

即便香水的事情被萧桑好一个解释，但是他还是被舍友下了明文规定，一起去澡堂洗澡，可以，不过不准携带肥皂进去，只能用沐浴露。

十多年的日子过去了，他的烟一起，她的手就不自觉地打下去。

这下子，满满的尴尬。

又是一阵无话。

"对不起……"洛潜心连忙道。

"没事儿，没事儿。"萧桑弯下腰去捡起那还没有点起来的烟，在衣服角上蹭了蹭，然后仔细地装回了烟盒里头。

"今天真是谢谢你了。"萧桑说道。

洛潜心道："没事，我正巧感冒了，要不是你要我来，我还真是懒得来医院顺道拿点感冒药什么的。"

"我瞧着你脸色不怎么好，你说说，你这身上有病我还让你来——"

"你太客气了，咱们怎么说——"话一出口，洛潜心却又不知道该怎么措辞，顿了顿才道，"咱们认识这么多年，你一个人来上海，我出点力也是应该的，何况，白血病这种大事情，你一个人怎么扛得住。"

"我——"萧桑还未开口，孩子他妈就从病房里头走了出来，一把拉住了洛潜心的袖子就要下跪。

"哎呀，你这是做什么？"洛潜心是没有见过这种阵势的，就算是在和对手公司的对掐大战之中，也从来没见过这种架势。这要是不明白事儿的人看着了，只当是自个儿扶了倒在地上的老太太呢。

"洛小姐啊，多亏了你啊，要不然我们家宝宝就没命了啊！"那女人拉着洛潜心的裤脚不放，奈何洛潜心说什么也没用。萧燊神态窘迫地望了洛潜心一眼，连忙去拉那女人，那女人却是不管不顾，纹丝不动地跪倒在地。

"洛小姐啊，我知道您和我们家老萧是朋友，为了给孩子治病我们是房子也卖了，工作也辞了。我知道您跟我们也不是熟人，不过我在这儿求求你，我们真是没法儿了啊，能借的主儿都借了啊，我知道你们上海人都是富贵人，你看看就好人做到底帮帮我们家宝宝吧，我来世做牛做马也会还的啊！"

"您先别这样啊，有什么话好好说，先站起来，先站起来。"洛潜心是有些慌了手脚，正所谓就怕秀才遇上兵，没钱的不怕有钱的，胆大的不怕亡命的。

三人推推搡搡地，推拉之间，洛潜心一阵头晕，双腿一软，就要倒地。萧燊一把揽住她的腰，洛潜心下意识地往他怀里靠，但猛地一瞬间，也不知道是强大的意志力还是什么，强行改变了倒地的方向，躲过了萧燊的手，倒在地上。

"哎哟！洛小姐！您没事儿吧？"那女人见洛潜心倒地，倒是手脚收得利索道，"俺可没有伤着你啊，你怎么说倒就倒了啊！"

"还不是你？"萧燊厉声道，"潜心——洛小姐她本来就感冒，还来帮我们就不错了，你这不知好歹地推来推去的，不是给推晕了？"

"俺——俺先进去看看孩子。"女人向后退了两步，赶紧离开了"案发现场"。

"你没事吧？"萧燊望着洛潜心，伸手去扶也不是，不去扶也不是，一时间一双手不知道放在哪里才好。

"我没事儿。"洛潜心站起身道，"我今天实在是不舒服，既然这里都安排妥当了，我就先回去了，到时候你有事情我再来。"

"我送你回去。"萧燊说着，洛潜心一番推托，却还是由着萧燊送上了出租车，他哪里知道，有他的地方她永远都无法放松神经。一路上二人无话。

出租车停在了洛潜心的公寓前头，萧燊打开车门却看见洛潜心已经是昏昏欲睡，顿了片刻就钻进车里将潜心抱了起来，刚走了没两步，正走向洛潜心公寓的 David

扔下手中的两个购物袋子，大步迈着怒气冲冲地走到萧桑的面前。

"你想干什么？"David问着抬手强行将洛潜心从萧桑的怀里抱在了自己的怀里。

"我……"萧桑想要解释，却忽然觉得身心俱疲，欲言又止。

"我说过了，你已经伤害她够深了，十年了，她用十年的时光来治疗的伤疤就要好了，我不允许你再来揭开它。"David说着低头望着怀中的人，那额头烧得灼人。

"不要再搅乱她的生活了。"David留下最后一句告诫，转身抱着洛潜心走进了她的公寓里头。

这个男人都有她公寓的钥匙了啊，萧桑看着消失在门里头的身影，不知为什么，心酸酸的。

两声喇叭声响了起来，出租车司机拉下车窗望着萧桑说道："怎么？还回医院吗？"

萧桑摇摇头道："不了，我自个儿走回去就成。"

也是，一百多块钱的车费，顶得上自己一个周的饭钱。

十年过去了，他与她似乎真的已经是两个世界的人了呢，或许那些她并不知道的事情，这十年的等待所欠下来的解释，他都没有必要去说了。

第三章　心病

屋外冷清的身影独自黯然离开走远，屋内，David抱着怀中人，小心翼翼地将她抱在长沙发上。

"你都烫成这样了还去见那个伤了你的心的男人。"David一边给洛潜心披上毯子一边说道，"你也真是能沉得住气，要是我早一巴掌上去了。"

"你胡说什么呢。"洛潜心迷迷糊糊地说道，"都十年了，我什么气都没了。"

"是什么气都没了，剩下的也就只有你这38度的体温了，我看你啊，不单单是今天在发烧，你这等他的十年里都是发着烧的。"David说着就要起身往厨房里头去拿些热水，不想刚一起身，洛潜心的手就忽然有力地拉住他的胳膊，David一愣，低头望着这个可怜地躺在沙发上半眯着眼的女人。

那双向来坚强的眸子，全是晶莹的眼泪，水汪汪的，让人忍不住去疼惜。

"别走。"洛潜心拉着David轻声乞求道，"我不想一个人了，再也不想了，别走……"

"……好，我不走。"David的神情融化开来，他的双眉再一次为了这个女人而紧皱起来，他反手握住洛潜心的手，坐在沙发边上的地板上，抬起另外一只手为女人梳理耳际的长发道，"我不走。"

"真的?"洛潜心晕晕乎乎的脸颊泛红，似笑非笑，但是却带着淡淡的哭意，这表情也是让David没有办法说出一个不字。

"真的。"他点点头，望着躺在沙发上的可人儿，嘴角如水般温柔地上扬起来。

"潜心……"他低声呢喃道，"无论发生什么，我永远都在你的身边陪着你，永远不离开你，好不好? 嗯?"

他说着眼神从远处蒙着雪霜的窗户上回到洛潜心的脸上，却只听见轻微的呼呼声。他笑着摇摇头，将洛潜心紧握着的自己的手放平在沙发上，自己往厨房里面做汤去了。

兴许是刚刚那暧昧蔓延的气息还没有过去，David只顾着洗碗了，手一个不留意，被一只缺了一角的青瓷碗的边缘划破，一道窄窄的伤口里流出红色的血液来，落在满是水的水槽里头，扩散开来。

David望着那水槽里头不断变浓的红色，浑身的血管都好像回到了那一年。他甚至没有意识到自己需要个OK绷包扎一下，就那样像傻了一样，望着红色的水槽。

那些留在伦敦的故事看起来是永远不会只留在伦敦这一座城市了，有些痛苦是要跟着人一辈子直到下土的。

2010年，伦敦，秋。

"这已经是你第三次蓄意破坏公用设施了。"桌子上立着HR字样的英国男人望着David说道，"David你要是继续这样下去，我也帮不了你。"

桌子那端David双眉紧蹙，此时此刻的他满脑子都是噪声，自从他和麦克的市场总监之位竞争赛隐形开场，身边的一切噪声似乎都被放大了百倍甚至万倍。

"躁郁症"。诊断书上的三个大字让David的心咯噔地响了一声。他的精神科医生朋友望着他担忧地说道："你这种情况已经不是轻度了，而是会实实在在地影响你自己的生活和工作的，如果你们老板知道了——"

"他绝对不可以知道！"David双眉一横拳头落在了桌面上，医生下意识地向后一退，险些从椅子上头滑落下来。

"抱歉……"许久的沉静之后，David低声说着，就要起身，医生抬手拉住他道："David！你这样下去是完全不行的，你现在不告诉公司，公司早晚会知道的。"

"……"David一言不发，抬手将医生扯住自己衣袖的手抬到一边黯然道，"我绝对不能让麦克那个卑鄙小人打败。"

"可是——"

"当年韩是怎么死的你难道都忘了吗？"David开口道，每一个字都力度十足，充斥着痛恨和无边无际的仇意。医生不再说话，他不知道怎么反驳，这场商业竞争已经成为了阴谋与权术的争斗。韩、医生还有David是一同毕业于普林斯顿大学的好兄弟，整天在一起，后来，韩和David在不同的公司工作，2008年，那个血一样的秋天，二人所在的两家公司的市场部正在为一单生意竞争，而韩就是在至关重要的签合同的那天死于一起不明不白的车祸，到现在为止都没有被调查明白。但是麦克的心狠手辣David怎么会不知道，David心中明白，韩的死完全就是当年麦克为了争夺利益而刻意安排的。David

改变自己的发展策略，用两年的时间成为了市场部的骨干，也是为了有一天能让麦克彻底毁灭。现如今机会来了，他不能有一点点的懈怠，也不允许有一丁点的问题出现。他必须要撑到麦克彻底崩溃倒塌的那一天，在那之后，就算自己死了，也在所不惜。

祸端就是这样发生的，David因为制造虚假的精神分析报告被公司一举辞退，一夜之间，他一无所有。

房门缓缓打开，满身酒气的他晃晃悠悠地走进这栋自己在英国打拼数年才换回来的家。

"David?"David的妻子白沫怀孕已经2个月了，虽然身形还没有显现出来，但是身体却似越加不稳当了，她打开客厅的灯，看见自己的丈夫浑身酒气，西服也被酒水沾染得乌七八糟了。

"你这是干什么?"白沫赶紧上前，扶住男人的身体走进了浴室。

"你不要管我……"David当时已经醉得不省人事，他摇晃着身体试图挣脱女人的呵护。自从David开始和麦克的竞争以来，David对自己就不太上心，白沫虽然明白他的苦衷，但是心中却也是十分的委屈，她一边为男人脱去西服，打开浴缸的水龙头，流水逐渐灌满浴缸。

"我要你不要管我!"David似乎是酒劲儿又上来了，

靠着门边的墙壁晃晃悠悠地站起身来，望着白沫吼道："你知道什么？你他妈知不知道我什么都没有了?！他妈的什么都没了！我对不起韩！我……我对不起他！"

看着David的样子，白沫一口火上到心头喊道："你一口一个对不起韩！难不成你就对得起我了吗？从我怀孕到今天，你哪天不是早出晚归的，满口韩韩韩的，韩已经死了！"

"啪!"一声清脆得吓人的声音在浴室里回荡着。

David缩在浴室的角落里面，不敢相信地看着自己颤抖着的手，浴缸里白沫在水中痛苦地呻吟着，一个孕妇怎么能够受得了这狠狠的一巴掌呢？原本白皙的右脸已经彻底肿胀了起来，红色的液体从白沫的双腿之间缓缓流淌出来。

一个星期之后，David失去了工作，也失去了自己的家庭，他在医院里接受了长达几个月的封闭治疗，后来就回国到了上海。他是在偶然之中发现榕树巷的，然后就有了现在的榕树巷37号。

他心中连洛潜心都不知道的，他所说就让发生在伦敦的事情留在伦敦的事情就是这样。

他切断了一切旧时候的社交圈子，想要在上海开始自己全新的生活，他试图忘记。但是就像是洛潜心花了十年的时间去忘记萧桑一样，短短的几年，那浴缸里的红色鲜血永远是他记忆深处里永远都抹不掉的颜色。

也是他如同刺在脸上而无法遮盖的罪恶。

日子总归是过得飞快的，尤其是冬天。

不过季节的更替和改变一向不会改变榕树巷37号的生意，来的还是那些人，永远不会走，那些不会来的人，永远都不会来。

"您的曲奇，慢用。"一改往日职场女性性感而不俗艳的职场装束的洛潜心，身前挂着和David同款的围裙，为唯一一位客人送上香喷喷的曲奇饼干。

"可以啊，你这服务生干得是越来越像样了。"David从后厨里头探出来半个脑袋打趣道。

"呵。"洛潜心故意冷冷地撇了撇自己的嘴角说道，"周扒皮啊周扒皮，你别以为我是说两句好话就能糊弄过去的，我告诉你，我的工资一分都不许差。"

瞧着女子这样一副地痞流氓的架势，David不禁笑了起来，David笑起来是很好看的，温暖得就像是和煦的阳光，让人忍不住想要扑过去直接将其放倒。

"你得了吧。"David低着头走到洛潜心的面前，从一边的玻璃罩里头随手取了一小块奶油毫不客气地抹在洛潜心的嘴唇上说道，"给你点儿奶油尝尝就不错了，你说说人家放松都是去最近的机场买一张马上起飞的机票，去美国或者去欧洲都行，然后就飞过去什么的，你倒好，一个世界外企500强的高高在上的人力资源总监的放松方式，居然就是来我这小小的咖啡店里头打工。"

洛潜心哼了一声，抹干净自己嘴边的奶油，抬手就在David的额头上敲了一下道："你这不挺清楚的？我堂堂HR来你这榕树巷37号打工，那不是你的荣幸？"

"是是是。"David一副敷衍的样子说道，"您说得对，您的到来啊还真是让小店蓬荜生辉呢。"

二人这样说笑了一会儿，洛潜心望着正在搅拌鸡蛋制作布朗尼的David，女人常常说做饭中的男人是最性感的，这话其实还是有点道理的。

"怎么？"David抬头望了洛潜心一眼，看她望得出神，就把搅拌的盆递给她道，"要不你也试试？"

"我……"洛潜心有些犹豫，一边儿的巧克力豆叫了一声，似在催促她。

"你磨蹭什么？"David说道，"你只管搅就是了，不用担心，我那儿还有几吨的鸡蛋，够你折腾的。"

还有几吨的鸡蛋，这是什么话？洛潜心的好胜心被勾了起来，她接过盆，用力搅着。

"呦呵?"David望着她娴熟得有些不可思议的动作说道,"可以啊,潜心,你这一板一眼的样子倒是真像那么回事儿。"

　　洛潜心搅拌着器皿之中的鸡蛋久久没有说话,但是头却是越来越低,长长的秀发甚至遮住了整张脸,David感到潜心的气氛不对,连忙抬手钳住她的下巴,将她的脸抬了起来,满面泪痕,已经哭得不成样子。看着她这样,David心中一痛,不知道从什么时候开始,因为她的痛而痛已经成了自己的习惯和没有办法去改变的应激反应了。

　　"怎么了?"他低语着,张开双臂,洛潜心倒在他的怀中,却没有办法和他诉说,不知为何,自从萧燊再一次出现在她的生命之中,一切事情似乎都牵带着他的影子。

　　高中时候,她和萧燊已经确定关系后不多久,学校里不知道为什么盛行起来了甜点风。有男朋友的女朋友们一个个为了提高自己的文艺格调,纷纷亲自为自己的男朋友们制作点心蛋糕,虽然洛潜心是立志不与世俗同流合污的女人,但是每次看到那些个小女生们在自个儿面前炫耀什么自个儿今儿为男朋友做了布朗尼明儿为男

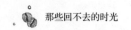

朋友做了巧克力饼的样子就来气，最重要的是有一会儿她正遇到萧燊在和自己的几个朋友说话。

那朋友说道："燊啊，你说说，人家这女朋友一个个的整天又是这个点心又是那个蛋糕的，你这边顶多也就是个鸡蛋灌饼肉夹馍的，兄弟们看着都替你寒酸啊。"

就冲着这寒酸两个字，一中一姐洛潜心就有种要立马冲上去把这个挑拨离间的男人按倒在地弄死的冲动，不过萧燊后来的一句话让洛潜心同志瞬间充满了英勇的革命斗争精神。

萧燊道："她做的我都愿意吃。"

于是，洛潜心同志就从众人的视野之中消失了三天三夜，据说就是去学习糕点的制作方法了。

三天之后，萧燊首次在食堂见到了洛潜心，不过这一次可不是两个人的单独约会，一张桌子前面相对坐着洛潜心和萧燊，但是以这张桌子为圆心的四周方圆十米之内里里外外全是围观的人民群众。

要知道处于校园极端的两个风云人物的好戏，大家怎么可能错过？况且这一次可是洛潜心同志自己散发的消息。

"这个……"万万没有想到自己吃顿饭都会被围观的萧燊埋着头无奈到极致地低语问道，"这些人都是你叫来的?"

"对啊对啊。"洛潜心点着头,还丝毫没有一点点的尴尬说道,"我要让全一中的人都见证这一刻。另外我也要所有人都尝尝我洛潜心亲自制作的甜点,以正我的名气。"

这个故事的结局,萧燊吃了洛潜心的蛋糕,第二天没有来学校上学。当然鉴于洛潜心和萧燊的关系,洛潜心导致的这场全校相对而言大范围的食物中毒事件也就这样平息过去了。不过那些吃了洛潜心的点心肚子疼了一天的人们,至今在校庆聚会上都会对洛潜心翻白眼,一副副大仇难忘的样子。

洛潜心和萧燊有一次一同回去校庆的那会儿,洛潜心心里头还不知道,把萧燊扯到一边低声问道:"燊,我怎么觉得气氛不大对啊?"

萧燊笑道:"怎么不对了?你高中的时候是扛把子,结下的仇不知道哪里去了。"

"不是啊。"洛潜心说道,"我这一路上走过来,大家都和你打招呼,到了我这要不就是白眼要不就是私语什么的,你看着刚才那胖子了吗?他故意撞着我的肩膀从我边上过的。"

"那是隔壁班的小罗。"萧燊不动声色地一边和打照面来的人点头示意一边儿说道，"那会儿他吃你做的糕点最多，在医院住了得有三四天，可不是最忌恨你了。"

洛潜心听着向前走着，抬脚踢飞了地面上一颗小小的石头嘟着嘴说道："什么吗，多少年的仇了啊还记得，真是小肚鸡肠，不可理喻，一看就不是做大事的人。"

萧燊摇摇头道："那我就得给你讲一个残酷的现实了，那个小罗现如今可已经是传媒公司的大老板了，等咱们毕业了指不定还得求着人家给口饭吃呢。"

当时洛潜心同学哑口无言，不过前一阵子小罗的公司倒闭了，小罗同志直接从资本主义小金主沦落为了贫下中农，洛潜心知道这个消息之后甚是开心，并更加相信自己对事物那严谨的推断力。或者说是"太过相信"，就像是她对他们之间的感情的判断一样，太过自信，太过自信。

那一夜，她就曾暗暗在自己的内心深处预言，用自己那执着的判断力告诉自己，他和她一定会走在一起，榕树下，安静的夏天的夜晚，只要两个人依偎在一起，似乎一切的聒噪都会消失不见，世界安静到似乎只有他们两个人一样，就是这榕树下的夜晚，让他们真正在了一起。

"潜心，你没事吧？"这忽然之间的泣不成声让一向见不得女人哭的David慌了手脚，洛潜心的身体颤抖着，眼泪滴在她满是蛋清奶油的手背上，巧克力豆凑上前去，安静地舔干了她手背上的泪珠。

"都会过去的……都会过去的……"David的面色柔和了下来，温柔得就像是盛夏阳光下的巧克力融化，不过，他现在更担心他怀里的这颗怜人的巧克力融化，或许就像是洛潜心后来说的，David太暖和了，所以当他在某一天冷下来的时候就会成为灭亡与毁灭一样的寒冷。

洛潜心深深埋在David的身体里，就像是靠着一堵厚实的墙壁，把一切压力和承重都暂时安放在肩膀的那端。

自己，只求那片刻安宁。

时间就像是小桥下的细水长流，那样悄然无息地流逝着，以至于你都不会发现它悄悄离开的气息。

转眼间，冬天已经到了最为辉煌的时刻，今年寒流侵蚀上海，整座上海就像是个巨大的冰棍儿，地面的水泥沥青散发着白乎乎的冷气儿，真真是老一辈们口中的"鬼天气"。

这天气一凉，整座城市也跟着凉了下来，街道上没了什么人，要不就都一个个蜷缩在车窗里面消耗着彼此

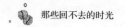

的温度。

门铃丁零的响声也在这冷冻里头显得格外干燥而又无力。

洛潜心用尽了娘胎里带出来的吃奶劲儿才把榕树巷37号的大门推开了一条窄窄的缝隙。

"哎呀！怎么回事啊？"洛潜心懊恼得整张脸都憋成了红色，门里，窝在边上的巧克力豆兴许是听见有什么响声，抬头慵懒而又高冷无情地瞥了一眼门外冻得红了耳朵红了脸的洛潜心，接着淡淡地打了个哈欠，然后默默将自己那张肥嘟嘟的脸埋回到了毛茸茸的身体里面。

"喂！巧克力豆，去叫你主人啊！喂！你怎么又躺下了啊！大懒猫，平日里白喂你吃那么多纸杯蛋糕了！"洛潜心叹了口气，一抬头就看见门里面，上身只穿着件儿白色T恤，腿上只着一条纯黑色沙滩裤，双脚踩着露趾凉拖的David正低着头隔着蒙着层白色雾气的门玻璃望着她直笑。

"不是吧？"洛潜心抬头望着这只顾着自个儿笑的David，他比自己高了一个头，这萌萌的身高差却在这种境况之下让洛潜心有一种莫名的羞耻感，虽然她自己也解释不清楚。也难怪她心理上产生了极度的不适感了，这大冷的天气，她在屋外冻得哭，他却在屋子里头穿得跟在三亚度假一样。

"你瞅什么呀！"洛潜心戴着红白色相间的手套的手在门上拍了拍，结在门上的透明色冰凌落在洛潜心的棉帽子上头，和那些毛茸茸的材质在一起，倒是水晶晶的样子很是可爱。

David抬起胳膊只微微用力，那门就听话地打开了。

"快让我进去暖和暖和！"洛潜心说着就三两步走进咖啡店，极其迅速地脱掉身上看起来几吨重量的棉大衣啊，棉手套啊，棉帽子啊什么的，就在她把一切防寒工具都一股脑扔在沙发上头，张开双臂迎接温暖的时候，她却只感受到冰冷刺骨的寒风罢了。

一秒钟之后，尖叫声响彻在整条榕树巷里。

"David你搞什么，不是说好了今年你会装空调的吗？"洛潜心被冻得直打哆嗦，一边狼狈地在四处捡自个儿方才乱扔的衣服，一边不利索地抱怨道，"这下子要是我被冷出病来，到时候卧病不起，就要你床边跪着伺候我。"

"得了吧。"David轻笑着摇着头，看起来这些日子洛潜心的精神已经恢复得不错了，他走上前去拾起落在洛潜心身后的沙发毯，抬手披在洛潜心的身后道，"你自个儿倒是明白，上回你感冒的时候难不成忘了是哪位绅士

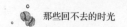

给你洛娘娘鞍前马后地伺候着呀？"

"David 你简直不是人类。"洛潜心裹着那沙发毯一路跑到吧台的位置，一边打开咖啡机一边回头望着 David 说道，"这么冷的天，我看你穿得这么反季节反人类，就给我造成了你终于安了空调的假象。"

"英国没有空调。"David 刚要开口解释，洛潜心就抢先一步替他喊了出来道："就知道你总是拿这个来当挡箭牌。"洛潜心说道："你这样下去啊，广大文青同志们就算是再钟情于这榕树巷 37 号的小资气息，也会望而却步啊。"

David 笑笑，洛潜心不知，于 David 而言，当他遇到她时，这家榕树巷 37 号究竟招不招揽客人已经不是他心中最为重要的事情了。

"这不还能迎来你这个大客户么？有客户如此，我 David 何求啊。"David 坐在洛潜心对面抬手从桌子底下变戏法似的拿出一盘曲奇饼干推到洛潜心面前。

"知我者，David 也啊。"潜心笑笑，一边吃着饼干一边道，"对了，过两天就跨年了，外滩那边儿想必挺热闹的，你说咱们俩认识这么多年，还没好好一起跨个年什么的呢。"

"打住，打住。"David 一副看透了洛潜心的表情说道，"你洛潜心可是职场达人，今儿这么冷的天还过来，又这样给我甜枣吃，可不像是你的做派，说吧，你要什么？"

"行吧。"听David这样一派洞察一切的腔调，洛潜心收了刚刚的谄媚笑容，毫无任何语气声调变化地说道，"明儿我要和那个老色狼赵总在M18签一单生意，那个老东西向来手脚乱来，我要你陪我去，暗中帮我看着点儿，我也安心。"

"呦呵，称霸职场的络总监也会有需要我这个门外汉来帮忙的一天啊？"David说道。

"你闭嘴吧，老老实实地和我去就是了！"潜心白了David一眼，抬手就将一块曲奇饼干塞在David的嘴里头。David这边正说着话呢，这一块曲奇饼让他猛地咳嗽起来。

洛潜心一边儿笑着，却也是一边儿抬手去帮他梳理后背，一切就像曾经一样，恍若萧燊没有出现在她的生命里一样。然而她错了，洛潜心梳理着David的后背，脑海中却总归是曾经和萧燊的过往，似乎她生命之中接下来所经历的所有都是她与萧燊曾经做过的一般，伤得太深，而又难以忘记。现如今她能做的就是一步步地去释怀，而她心中却也终究是明镜一般地明白一个道理，十年的伤痕，一生一世的痛，姑且是永远难以愈合的伤疤罢了吧。

第四章　变数

要说哪里的跨年比得上迪拜跨年的人气旺盛，那也就只属上海外滩了吧。

　　这原是上海最标志的地方，却也是离上海最遥远的地方，而M18酒店里头坐着的那些动辄千万百万的人，才是这绚丽外滩的真正主人。

　　外滩对于经济的发展在某种程度上也算得上是功不可没，坊间都说上海百分之八十的合同都是在外滩这一代签订的，这也难怪了，在那帮西装革履的老狐狸的眼中，上海也就只剩下外滩这一处灯火辉煌，梦幻华丽到不真实的地儿，哪里有人还会知道弄堂或是榕树巷了呢？

　　洛潜心从公司的车上下来，一身黑色职业风晚礼服的她低调而又尊贵，商界有名的老狐狸，年过50的赵总也跟着下了车，洛潜心不敢多和这老东西有什么肢体接触，巧妙地避过了赵总挽手的邀请，两人一起走进华丽如宫殿般的M18里。

洛潜心一边佯装说笑着，一边四处张望却是看不见David的身影，要知道想在跨年这一夜进入这M18是一件多么不容易的事情，更何况今晚这里大多数桌子旁坐着的可都是各行各业身价过亿的名流，而David那货居然淡定地迟到了。

就在十分钟之前，现在看起来端庄高雅的洛潜心还在电话里喊得和个泼妇没什么区别。

"David！你不和我一起来怎么能进酒吧里头？"洛潜心站在办公室的窗户边上甚是着急，她道。

"你着急什么，我这还有顾客没走呢。"David在那头说着，电话里头还有巧克力豆的呼噜声。

"你赶紧给我过来，那些顾客统统赶走，损失多少钱我双倍给你补上。"洛潜心说着，透过窗户，她已经看到赵总的车停在了自己公司的楼下，来不及了。

"算了，你赶紧在我之前到M18门前等着我，我带你进去，另外，记得穿正装，要不不能进的。"

另一边，David耸耸肩膀，望着镜子里的自己，戴着花镜的老裁缝正在拿着皮尺丈量自己的身材。

"怎么样？有合适的吗？"David淡淡地问道。

"David先生，您的身材保持得非常标准，想来我这里有些是正好的，只不过您的西装还是定做才配得上您。"

"我这不着急吗。"David淡淡地回到道，"况且只穿这一次，往后也就没什么机会，做了浪费，我看着，心里头也烦得很。"

"既然这样，那我取店里最新的高端款式给您。"老裁缝点点头回身给自己这位老客户寻衣服去了。David抬手露出腕间的手表，今天的他宛若几年前的那个他，叱咤商界，西装革履，可现如今看着自己这一身所谓的西装，他却实在是心中沉沉的。透过镜子，似乎能看到那个和自己朝夕相处过的兄弟，而那满池的血红又怎么会消散呢？而这一切都是洛潜心所不知道的，潜心知道的他只是一个曾经在英国留学过的男人罢了。

他站在M18的门前，望着那灯红酒绿和交响乐曲的响声，眉头微微皱了起来，今晚这种场面，若不是潜心要他来帮忙，他是再也不会来的，这种场面，这种行头，今晚他所面临的种种，都是他最熟悉的但是却也是最不愿意再次经历的。

那些璀璨，在他眼中都是过眼云烟罢了。

而此刻，洛潜心正在和赵总周旋。

"赵总，您看看这笔单子是不是可以定下了，毕竟这次合作……"洛潜心这样说着，赵总的手已经不正经地向着她靠过来了，洛潜心连忙把身体向桌子另外一面移动过去，眼瞅着都要掉下卡座了。

"哎，洛总监，大好的跨年，你我何必在这里由着这些个烦人的公事忙昏了头脑，倒不如好好喝两杯，咱们喝高兴了，这合同的事情该签自然就会签的。"老家伙说着就抬手将洛潜心面前的杯子用最烈的伏特加灌满，还徒手放进了两颗冰块，洛潜心只觉得自己浑身上下鸡皮疙瘩都要起来了。

"这个，赵总，你看，我实在是不胜酒力了，实在是不想扫了赵总您的兴致。"洛潜心一边绷着脸不让自己爆发，一边抬手拿起一边的白水说道："您看这样，我以水代酒，就当是给您赔罪了。"

洛潜心拿起白水的杯子，赵总却是眉头一皱，身子向后边的卡座上一靠说道："看起来洛总监对这一单子的诚意并不是很高啊，你要知道我手里的这单子，上海想要拿下的公司可不单单只有你们一家哦。"

"赵总……"洛潜心的眉头皱得越来越明显，这个赵总实在是难以拿下，现如今自己置身在这种境地之中，看起来这杯酒是非喝不可了。

洛潜心稍稍闭了闭眼，为了公司的事业而赔笑的事情她也不是没经历过，只是现如今觉得多了一份不舒服罢了。

洛潜心的手缓缓移动向桌子上面的那一杯一般男子都不见得受得住的伏特加，赵总那猥琐的笑容再次慢慢地堆积在了他的脸上。

"我听闻赵总为人大度谦和，想必一定不会难为潜心吧。"有人的声音在潜心耳边响起，潜心这才恍若重生一般地松了一口气，可继而又立刻担心起来，若David得罪了赵总，指不定将来要吃他赵总的什么阴招呢。

"不如让我来代喝。"David嘴角微微上扬，自顾自坐到了洛潜心的身边，有意识地坐在距离潜心近些的位置，一只手也落在潜心的手上，潜心一愣，望向David，一时之间没有认出眼前这个如此精英范的男人是David。

David身穿一身合身的高级西装，各个细节把控严谨得不输出入高级场合的总监股东，一副黑色灰边的眼镜让他的双眼比往日里更显凌厉。这哪里还是那个咖啡师David？

David气定神闲地望了潜心一眼，落在潜心手上的手略微用力，那一瞬间只让潜心觉得安心，似乎他对眼前的一切都气定神闲而又胸有成竹一样。

"你……"赵总看着David，似乎是在回忆着什么。

"怎么？才过了多久，赵总连我都不记得了吗？真是贵人多忘事啊。"David那标准的商务礼仪笑容让赵总一时半会儿有些蒙。

"我不管你是谁，这是我的生意，请你离开。"赵总冷冷地说道。

"哦，我是潜心的男朋友。"David说着就转头望向同样有些蒙掉的潜心，他笑起来，依旧像太阳和煦一样的光温暖，David望着眼前的女子，忽然一个念头从大脑里头跳了出来，而后他就立刻执行了。

薄薄的冰凉的唇碰触上自己嘴间的两片柔软的瞬间，是洛潜心没有预料到的，那种触电般的感觉在脑海停留了良久。David撤回身体，温柔地将潜心发际的两缕发丝挽到耳后，继而重新望向赵总。

"算了。"赵总显然心情大坏，说道，"今天就谈到这里吧，单子的事情以后再说。"赵总刚要起身离开，却被David一把拉住。

"赵总，你我都知道，现如今潜心公司的发展前景是业内数得上数的，而且他们即将在未来一年里收购多家同领域的公司助其上市，这其中的隐藏利润可不是您这一个单子就能彻彻底底拿下来的。"

David抬手将桌子上的合同推向赵总道："赵总风云商界多年，相信这桩稳赚不赔的生意是一定不会放过的吧？"赵总紧紧地盯着这名来路不明的男子，终究还是叹了口气，抬笔签下了合同。

"我们走吧。"

David拿起合同一手牵着洛潜心的手就要离开。

"等等！"身后的赵总叫了一句，David停下脚步，却未回头。洛潜心下意识地抓紧了David的胳膊。

"你是David Lee是不是？"赵总低声问道。

洛潜心望见David略微闭紧了下双眼，似是有些烦躁，他没有说话。

身后的赵总继续道："WT公司乌烟瘴气，你离开是对的选择，在商界消失这么久，不如来我这里，咱们一定可以大有作为。"

David没有说话，赵总这话似乎并没有留住他，相反加快了他离开的步子。

David拉着洛潜心两个人一路穿过马路上了外滩，远远的国际经济中心的LED灯屏上已经闪烁起倒计时。

"你不想解释解释刚刚的一切吗?"洛潜心望着David问道。

"解释?解释什么?我不是按照计划来帮你吗?"David佯装糊涂,低声问道。

"解释什么?"洛潜心柳眉一簇三两步上前去,一巴掌落在David的衣服上道,"解释这个!"

又一手抓住他的领带道:"解释这个!还有——"

眼瞅着眼前的女人还要说话,David一把抓住她的婀娜手腕,将潜心拉入自己怀中,远处传来群众跨年的倒数声音:"5!4!3!2!——"

"新年快乐,洛潜心。"David低下头去,再次吻上潜心的双唇,新年的焰火升起,在空中荡漾起无数绚丽的花色。黄浦江畔,他一手携着她的手,一手环住她的腰身,长长的吻,从2013年的年末吻至2014年的开端。

那或许是潜心一辈子经历过时间最长的吻吧,她只觉得天昏地暗,地面、天空、David,还有她自己都在旋转,旋转进爱恨的旋涡,难以逃脱。

"你……"潜心推开David,目光内的神色复杂至极,David心中仿佛有千百万只猎豹在急速前行,相互碰撞,一时之间这喧闹的外滩仿佛黯淡了所有的光色,静谧了所有的声音,整个世界就只剩下他们两个人。

洛潜心的眸子闪烁着微弱的光，David 想透过那眸子看到些什么，至少得到一些他希望或者害怕的信息，那一瞬间，David 的大脑似乎是在经历飞速的思考，无数的问题遍布他的大脑的每一个细小的神经元：自己是不是准备好了？潜心会不会因此背离自己？这一切都是未知的，一个差池，他们这么多年的友谊也就会走到尽头。到底是有哲人说过一句话，千万不要和朋友恋爱，否则失去的不单单是爱情，更是爱情永远都无法替代的友谊。

　　"你后悔吻她吗，David？"在 David 的脑海之中，一个声音问道。

　　"不后悔……"

　　远处的喧闹声越发嘈杂，新年万人环城跑的队伍涌了过来，David 望着潜心消失在人流之中，抬手松开了脖颈间系得过紧的黑色领带，胸上的两颗扣子被揭开。外滩跨年已经过去，一瞬间，整条外滩观景台上一个人影儿都没有，只留他一个人默然前行，任由那灯光将自己孤独的影子活生生地敲打粉碎，不留一丁点儿余地。

　　疯狂之后往往是彻夜的宁静。

　　跨年夜之后，David 有些日子都没有见到潜心，他尝试着去打电话，但是电话那头却是无休止的正在通话中。

　　"巧克力豆。"David 望着蜷缩在沙发顶上的巧克力豆问道,"你说我是不是做错了,或者我不该吻她的,又或者我就不该表现出来。她拒绝了又怎样,不拒绝难道我真的有勇气去承诺些什么吗?"

巧克力豆望了一眼自己这个难得如此这般情深的主人,礼节性地歪了歪脑袋,继续回到自己的香梦之中。

寒潮天气最烦的便是雨雪齐飞了,David 懊恼地叹了口气,抬起拖把将门外的雨雪扫到一边,却不想一双脚挡在他的面前。他微微愣住,抬起头来,竟不知道该用何种表情去面对她,是喜悦,是冷漠,是尴尬,还是什么?

和 David 如此局促的脸比较起来,洛潜心则显得更为淡定,她似乎是刚刚下班回来,穿着一身稍微中性一些的工作职业装,肩膀上背着墨绿色的文件包。

"Hi⋯⋯" David 不知道该说些什么,只能缩着肩膀,一只手相当不知所措地插在牛仔裤口袋里面,另一只手拿着拖把,不想手一滑,拖把滑倒在地。

David 连忙蹲下身子去捡,不承想手正好触在那熟悉的肌肤上头。

如触电一般,二人连忙收住起身,David 望了一眼洛潜心,她微微低着些头道:"我看你是那天的酒还没醒过来吧?"

David一怔，回答道："是啊，兴许吧，兴许是醉了的酒还没有醒过来。"

"你啊！"洛潜心说着就拎起公文包示意性地向着David的胸口抡过去，笑道："你还有多少惊喜是我不知道的啊？"

"什么？"话说到这里，David心中已经有数，他在等待眼前的女子给自己一个答案，但是眼前的女子逃避了A选项和B选项，自己跳出框框来为自己选了一个C选项，她不给出答案，而将一切归罪于那杯加了冰的伏特加，而到这一步，David也就知道了，或许这是当下相处的最好办法。

既然想到这一层，David也就不急于一时了，兴许顺其自然就对了，到这里，他的脸色也不似先前那般紧张尴尬了。

"你原来在欧洲的时候可是商界有名的小金童啊。"潜心说着走进咖啡店里像往日里那样坐下说道，"我可是好不容易才找到你的信息的。"

"哦？"David轻声笑着坐下道，"看起来我是一丁点的神秘感都没有喽？"

"得了吧。"潜心说道，"你为什么不告诉我你在欧洲的时候做过那么多成功的商业案例？你为什么又到这里

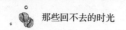

来开一家小小的咖啡店？"

"潜心……"David看着潜心虽然问得随性，但是他了解潜心，潜心此时发问无外乎是作为一个几年的朋友而不知道自己的过去的一种不被信任感，因此David开口道，"抱歉，我一直没有和你说这些，只是……我回到上海就是为了忘记那些发生在伦敦的事情，你还记得你第一次问我的时候我说的话吗？"

潜心凝视着David，眉宇渐渐缓和了下来低声说道："我记得，让发生在伦敦的事情就发生在伦敦吧。"

"是啊，让发生在伦敦的事情就永永远远地留在伦敦吧。"David用低沉的语调重复着，而心中却有一个声音在默默地念着另外一句话："让发生在外滩的事情就留在外滩吧。"而或许有那么一天，他会在世界的某一个角落轻声说道："让发生在榕树巷37号的事情永远留在榕树巷37号吧。"

但愿这天总归不会到来吧。

寒冬过去得飞快，就好似它从来没有到来过一样，天气渐渐暖和起来，却也是又到了春天多雨的时候。

新年之后对于潜心来说是最舒坦的时光，萧桑不再出现在她的面前，而她与David的尴尬与说不清楚的暧昧关系也都怪罪在了那一杯"伏特加"的身上，二人依旧像先前那样处着，一切都好似没有发生过一般，似乎就要这样安安静静地走完一辈子的时间格子。

但是，一通电话再次让潜心的生活陷入完全不同的境地之中，刚从泥泞中离开，只行几步，却又深陷沼泽。

那是洛潜心接过最早的电话，即便是她工作最为繁忙的时候也没有凌晨的来电。

她接过电话，那头是萧桑的声音。

"喂？"听着电话那头的呜咽和沉重到窒息的呼吸，她很清楚出事了。

孩子的母亲带着孩子的骨灰先一步回村子里办丧事去了。

他们并肩走在榕树巷里，David在咖啡馆里擦着那唯一一扇能够看得见榕树巷光景的窗户，一擦就是一下午，以至于巧克力豆都分辨不出那玻璃的存在了，愣头撞在了上头。

"你现在……一定很难过吧。"洛潜心眼睛望着榕树不变的藤蔓问道。

"孩子福浅。"他沉默了好一会儿，最后才挤出这四个字来。

洛潜心佯装不在意地望了他一眼道："怎么你不和孩

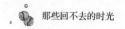

子他妈一起回村子里去办丧事？"

"村子里面有老传统，孩子若是死了，继父是不能操办丧事的。"他一句话却让洛潜心一惊，前进着的脚步停了下来。

"你不是孩子的父亲？"洛潜心尽量掩饰着自己激烈的情绪，但是眼底深处总归是有点波澜会不听话地翻滚上来。

这消息就像是晴天霹雳一样，毫不留情地将洛潜心活生生地劈成两半。

萧燊站定，双手插在自己那身一直穿着的灰褐色运动夹克外面的口袋里面说道："都是些过去的事情了。"

"即便过去了也该让我知道。"洛潜心口一开却是感受到了言语的不当和过于猛烈的情绪与质问，她缓了缓语气说道，"毕竟我们认识这么多年了。"

萧燊释然一笑道："是啊，你说得太对。说真的，潜心，我从来没有想过我会在上海再次遇到你，我也从来没有再想过继续搅和你现如今已经非常不错的生活，但是——既然我要走了，有些事情不告诉你，总归一直落在心里是不舒服的。"

萧燊这样说着，洛潜心的心就越发地紧张起来，只刚刚得知他并不是孩子的生父这件事情就已经让洛潜心的内心开始有些许翻云覆雨一般的颠覆，她不知道，所有的真相都在这个时间集中涌现的时候，她是不是能够承受得住。

"潜心，虽然你一直闭口不谈，但是你我都知道，十年之前的事情于你或者是于我都是永远忘不了的。我也知道，这十年里，你承受了多少并不应该承受的伤痛。"

终于开始了，洛潜心一言不发，只不过双眼渐隐渐现的泪光已经出卖了她。

"我根本没去美国，十年里我一直在中国，没有离开过。"

当不为人知的真相和湮没已久的岁月逐渐随着时间而露出水面的时候，一切早就已经不可控了。

兴许是忽然而起的晨雾太过浓重，咖啡馆的玻璃上已是朦胧一片了，任凭David怎么擦拭都擦不干净，隔着雾蒙蒙的玻璃，David隐隐约约地看见洛潜心娇小的身体在巨大的榕树之下剧烈地颤抖着，萧桑的身影消失在道路的另外一端。

David知道或许该给她一个自我的空间好好哭一场，潜心在那树下站了良久，而后那身子却无力地倒在了冰冷的地面之上。

"潜心！"他冲出去，抱住她。

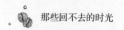

她的身体在寒冷之中无助地颤抖着，她扯住David的衣袖，双眼几乎闭合，面容被眼泪洗得干干净净。

"潜心！潜心！"他不知道该说什么，一时间只能唤着怀中女人的名字。

"David……娶我，好不好？"她轻声问着，泪如雨下，一时间梨花带雨。

David身子一怔，脑海中翻腾起浴室里面的红色鲜血，那些他永远忘不了的浴缸之中的红色液体，和着热水的蒸汽弥散出的血腥味儿。

"David……"她的手紧紧地抓住他的衣领，David衬衣的领子崩开，露出了里面裸露的肌肤，她冰凉的手指触及在他的胸口上，他一愣，低头望着怀中的女人，那眼神之中的绝望和无助，让他没有办法拒绝。

"好。"David点点头。

洛潜心一笑，David拥住她，她昏了过去。

David嘴中吐着白色的气体，他要结婚了，不知道是恐惧还是什么，他还没有来得及反应，一双血红的高跟鞋出现在他的视野之中，他身体僵硬。

抬起头来，对上那女人的眸子。

"David！我要把你撕碎，就像你亲手葬送了我的孩子一样。"那熟悉到令人恐惧的声音再一次伴随着那猩红色的气味涌现出来，充斥着几乎整个榕树巷。

"你……"David 想要说话，却不知道从何说起，又或者，他根本不知道，自己是不是真的应该开口说话。

"我来只是想告诉你。"女人眼中的血红泛滥起来，她的面容雪白，没有血色，但是气场十足，整个区域的温度似乎都被她猩红色的短发冷却掉了。

"你永远逃不掉。"

那身影转身离开，哒哒的高跟鞋踩在地面上的声音回荡在整条榕树巷里。

也永远回荡在 David 的脑子里头。

一辈子都挥之不去。

从她出现的那个瞬间，David 就意识到自己这么多年来，一直在欺骗自己，所谓的"让发生在伦敦的事情就留在伦敦"是永远都不会实现的残酷现实。

作下的孽逃几辈子也逃离不了。

该面对的如何躲藏也躲避不开。

第五章 启程

"榕树似乎是永远都枯萎不了的啊。"他们最初相识的时候是在英国的普林斯顿大学。学校后巷的河边儿有一棵榕树，那也是一个初冬，具体是什么时候David已经记不清了，但是那整个冬天似乎都没有下雪。

　　"枯萎不了只不过是表面现象，叶子是绿的，不过是其中的叶绿素还没有来得及消尽罢了，树在冬天终归是死了的。"David扶了扶眼镜道。

　　"你这个人，好没意思！"先前说榕树不死的女孩子回过身来，嗔怒地望着David，多少错误都是因为在人群中多看了这样一眼。而当时的错误却被虚幻的美丽遮掩着，他们看不到。

David和白沫对视一眼，原本想要兵戈相见的二人的脸都略微地红泛了些，到底白沫是女孩子，一言不发抱着胸前的书就低着头从David的身边走过，David不知道哪里来的勇气，一把拉住了她。

David和白沫结婚之后提起过这件事情，白色的被褥之间，她的头躺在他结实的胸口低声问道："哎，我问你，当年你怎么敢一下子就拉住我，你可别告诉我你对每个女孩子都这样做啊。"

David只是笑笑，白沫捶打着他逼问，David深情地望着她说出了他作为理科生或许是这辈子说过的最文艺最浪漫的话："那一眼，我只觉得对了，就什么都顾不上了。"

他握住她的手腕，她一个不稳险些摔倒，他顺势将她抱在怀里，白沫的书都落在了地上，书中夹了些蒲公英，风一吹，蒲公英都飞了起来，那是白沫印象里的第一场雪，漫天的白雪包裹着她和David，这初冬的第一场飞雪很美，也无半点寒冷。

"你会爱我一辈子吗？"婚后一年，他和她坐在榕树下头，白沫轻轻地问道。

"一辈子怎么够？"他回答，换来女人咯咯的笑声。

一辈子怎么够？现如今想起来却是讽刺，只是几年的光阴，那承诺早就由爱变成了恨。

那天之后，David 收起离婚证明，什么行李都没有带，一封辞职信递交过去，一言不发，离开了英国。没有亲人知道他回国的消息，他只是一个人在上海的大街小巷走着，有一天，他见到了这棵榕树，也就是现如今榕树巷37号巷子口的这棵。

虽然嘴上说忘记，身体上逃避，他还是买下了这榕树巷里头的店面。

他这辈子都不会原谅自己的。

初到上海的那几个夜晚，没有一个夜晚是安详宁静的，每晚都是女人的惨叫和无限的猩红。

直到遇到洛潜心。

他的生命里再次出现了一个女子。兴许是上帝怜惜他，为他开启的一扇全新的门。

但这门的后面有什么，是好的还是坏的，他究竟有没有勇气打开它，悲剧还会不会再次上演，他是不是还有继续爱人的能力，这些都是未知数。

今天，最大的未知数出现了。

这个未知数带来的是彻彻底底的未知，David 望着烟雨朦胧中那女人的身影，血红色的，真的是血红色的。

那天究竟是怎样结束的，David 和洛潜心都是记不清楚了，隐隐约约的只记得是榕树巷其他店面的老板把两个瘫软在榕树下的他们带回了37号，至于洛潜心是怎么回家的，David是怎么在自己的店里一睡就是一整天的细节都已经不清楚了。

两个人三天没有通信，洛潜心记得自己向David求婚，David当然也记得，只不过现在的他思考得更多的是那个陪伴了自己多年的女人，她为什么会找到自己，她究竟是怎么找到自己的，她从英国回来的目的究竟是什么？

这些问题，他一个也想不明白，他也不想去想，只是脑子就像是不再听自己使唤了一样，稍稍的空当，就会把那个女人从记忆深处的灰尘里拉扯出来。

"该死！"David抬手抓起一只玻璃杯狠狠地砸向了门边。

"啊！"正准备进门的洛潜心吓了一跳，那杯子险些摔在自己的身上。

"白沫！"David惶恐地抬起头来望向门边。

"什么？"洛潜心担忧地望着David，他看起来很糟，衣服还是前些日子自己昏倒在榕树下的时候他穿着的那身衬衫，甚至被自己扯开的扣子都没有扣回去，而他的头发也是乱糟糟的，像是一团乌七八糟的线球。

"潜心……"看清来人，David手忙脚乱地收拾起桌边的残局来，他已经有些日子没有打扫店里了，加上那被自己东踹一脚，西踢一腿的桌子椅子什么的，这哪里还是那个37号咖啡店？完全就是一片灾难现场。

"你没事吧？"洛潜心小心翼翼地向猛地低下头在吧台里面忙活的David靠近，说是小心翼翼地靠近一点都不为过，咖啡店现在的场面完全就像是被子弹扫射过一样，惨不忍睹。

"David，发生什么事情了？"本来是为了来说明白结婚那件事情的洛潜心连忙跑进吧台里面，她抬手去拍David的肩膀，David就是埋头在橱柜之中东翻西找地不肯露面。

"David你是被抢劫了还是被怎么样了，你得说话啊！"瞧着David这副样子，洛潜心更是紧张起来了，本来会因为结婚那件事情而有的尴尬气氛完全不见了，洛潜心蹲下身子，硬生生地把David的脖颈拧向了自己。

第一眼看到，且只注意到的是他红得布满了血丝的双眼，那双棕黑色的眸子向来是理智而温柔似水的，现如今却在一片混浊中孤独地被泪水湮没。

"David，究竟发生了什么？你说啊！"洛潜心望着他，一脸的着急。

David回望着洛潜心，他终归是不想让她看到自己现在的样子的，那些和白沫有关系的过往，他也不想分享，他不想和任何人分享，那种罪恶，让他无法开口。

"你说话啊！"洛潜心焦躁地去摇晃他的肩膀。

"求求你，让我一个人，一个人……"David开口道，这是他这几日来第一次开口说话，声音沙哑到无法辨识，仿佛原本的滑石被磨成了棱角不明的沙砾。

洛潜心发誓在她认识David的这几年之中，她从来都没有见过David这般失态过，在她眼中，他永远是那个做事有条不紊，一切都胸有成竹的男人，即便遇到再困难的前景也不会崩溃得乱了阵脚。

决定和他深交，最初也是看重他这点，她洛潜心习惯了职场上的风风云云，她可以控制一切也可以改变一切，她喜欢挑战，喜欢来回奔波在职场的狼烟之中，她做事雷厉风行，和十年前的她已经判若两人了，同龄的人大多还在企业混中层，她却已经达到了事业的巅峰，所以难得找到一个思想成熟到和自己一个程度的人。

但是此时此刻的David几天没有洗过脸，身上还散发着那天空气里的湿气，整个人都是空的，是要多大的打击和变故才会把这样一个天塌下来都会站在你身边淡淡地说"没事儿，有我呢"的男人逼到这种田地？

"求求你，让我一个人，一个人好好地安静一会儿……"David站起身来，摇摇晃晃地走进了店后自己的房间里，门锁咔哒的响声，把门外门内的两个人隔离开来。那门锁关上的一瞬间，洛潜心是那样地熟悉，那不单单是关门的声音，也是躲避一切，锁住自己心房的响声。

这声音之所以熟悉，就是十年前的那夜之后，他没有来榕树下找她，一夜之间，恍若整个世界都彻彻底底地崩溃倒塌掉了。她回到房间里，把自己锁在那小小的空间里，不分昼夜。那之后她生了一场大病，出院后就像是彻底变了个人的样子，原本活泼的她不再讲话，开始了她挑灯夜读的生活。

说起来洛潜心是第一个一毕业就能进入世界500强公司的，而且是免试用期，直接上岗。这对于大多数的大学生来说都是没有办法想象的，但是对洛潜心来说却可以，确切地说，她的面试算是天注定的机缘巧合吧。

"你好，我找杜总监。"洛潜心小心翼翼地望着前台的女孩子道。

那女孩子一边儿给自己的指甲涂着花哨的色彩，一边抬头不耐烦地瞅了一眼洛潜心道："来面试的啊？"

"是。"洛潜心点点头露出了训练已久的标准的应届毕业生的天真笑容，一副我不在乎工资的表情。

"怎么，又有来面试行政部的了？"一个穿着时尚的女子走过前台顺口问道。

坐在前台的女子先是嘲讽似的望了一眼洛潜心笑道："可不是呢，现在的这些个大学生啊真是吃了熊心豹子胆，也不看看自己几斤几两，不先去别的乡村企业练练手，穿着花布鞋的脚刚踏出校门口就想要进外企了，真是笑话，我看啊是自作孽不可活。"

放着以前的洛潜心，别说骂回去了，就是拳头也跟上去了，只是现在，她的双眼里头没有一丁点儿的失控。

面试正式开始，杜总监还没有来，她一个人在会议室里面坐着等。

一个穿着标准职场黑白搭配西服的女子怒气冲冲地走进来，一把把皮包摔在了地面上，又抬手摘下了手上的戒指狠狠地扔在桌面上，这一连串的动作做完之后，才看见屋子里还有个人。

洛潜心和杜总监对视了一眼，杜总监的眼神就是："你看到的太多，不能留活口。"而洛潜心的表情就完全是："我什么都没看见，您依然玉树临风，潇洒倜傥。"

"来干什么的？"杜总监没好气地问道，一边儿坐下，一边儿把摘下来的戒指不动声色地拿在手里，拉开抽屉放了进去。

"杜总监好，我是来面试的。"洛潜心的标准训练型笑容再次展开。

"你可以走了。"杜总监很显然不在状态，挥了挥手让洛潜心赶紧离开。

洛潜心只好抬步，刚要出门，却是猛地转回身子说道："你知道吗？和我恋爱了六七年的男朋友因为去美国深造的机会刚刚把我抛弃了。"

杜总监一愣，万万没想到眼前的这妹子居然说出了这样的话，十秒钟的对视与沉默之后，她抬起手来指了指自己面前的桌子说道："坐。"

三个小时零两分钟的面试，三小时姐妹聊天，两分钟面试。

洛潜心和杜总监一起和气地走出来，经过前台，前台妹子的脸都绿了。

"对了。"杜总监瞥了一眼前台的那妹子说道，"潜心以后就是你们行政部的主管了，你以后就听她的。"

洛潜心一辈子都忘不了当时前台妹子那张气得发绿的脸，那个表情，让她一辈子都难忘。洛潜心上任两个星期就把她裁员裁掉了，据说现在在七宝街的菜市场做

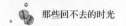

水果生意。

David 在黑暗中放空自己，心脏剧烈而又沉闷难听的跳动声终于安静了下来。

当他打开房门一路穿过走廊回到店里的时候，他以为是自己的眼睛花了，又或者是时间回转了，所有的一切都井然有序，回归正常和干净，零零散散的几位客人坐在椅子上小口小口地喝着咖啡，只不过他刚出来，就有几个女文青瞥了他一眼，露出了极其嫌恶的表情。真是人靠衣装，佛靠金装，放着自己穿着干净的时候，那些女客人们不都是趁他送咖啡的时机和他搭讪的？哎，这个看脸的时代啊。

"店长，请给我再来一杯美式。"穿碎花裙子的女子说道。

"女士……"David 扬扬眉毛，呼了口气走到那女子身边，虽然他是个商人，不过也不能为了几个钱就牺牲自己的肉体吧，况且这位瘦削的姑娘桌前的点心饮品都可以用来招待巧克力豆吃上半辈子的了。

"怎么了店长？没有美式了吗？"女孩子一脸花痴，不给 David 一丁点儿解释的机会就故作体贴地说道，"没关系，只要是你亲手做的，什么我都喝，拿铁，玛奇朵，焦糖，巧克力都行!"

"不是……我说小姐……"David的额头上直冒汗啊，他说道，"小姐你……你吃不了就不要点了，你看看这一桌子东西，都浪费了啊。"

后来那女孩挥泪而去。

"得了吧，我又不是二十岁情窦初开整天抱着抱枕看韩剧的女大学生。"那个时候David给洛潜心讲这个事儿，洛潜心的一口美式咖啡没差点儿喷出来，她道："骗谁呢? 大叔?"

"你是不肯接受现实。"David笑道。

"好吧，就当你说的是真的吧。"洛潜心耸耸肩膀道，"如果是真的，你当时就不能照顾一下人家小姑娘的自尊心? 你就任凭她点呗。"

"这怎么行。"David一本正经地说道，"我卖的是西点，又不是我的脸。"

"嗯……我看这个你可以考虑考虑。"洛潜心搭腔道。

"得了吧你，就会拿我开涮。"

"牺牲自我，娱乐大众嘛，这种精神值得表扬值得赞颂啊。"洛潜心道。

这就是David店面里悬挂着的那一面和整间店面装修

风格完全不搭的 "牺牲自我，娱乐大众" 的锦旗的来历。

"David，你醒了？" 套着围裙的洛潜心刚把咖啡送上桌，就瞧见了站在一边的David，忙走上前去。

"这都是你整理的？" David望着整洁如初的咖啡店，又看看墙壁上的时间，这么短的时间把自己刚刚弄乱的如同一锅粥的店面收拾得如此焕然一新，简直是不可思议。

"对啊。" 洛潜心笑道，她不过问他任何，只要他好了，那就是他可以控制住自己了，只要他能控制住自己了，那一切就都好了。和David这么多年的感情，他不想说的奈何你如何去问，他总归还是不会透露半个字的，他想要说的，你不开口他也会一字不落地说出来。

她和David太像了，不想把自己最脆弱的一面展现给别人，又渴望在这个过程之中能够有一个肩膀来依靠。他们都是逞强的人，能自己承受得住的伤痛就放在自己心里，能自己解决的问题就自己解决。

独立，已经成了一种最孤独的习惯。

而这种习惯，有些时候，看起来也是可悲的。

"别愣着了，赶紧去打理打理吧。" 洛潜心一边说着一边把David推进连接着住处的走廊里。洛潜心刚一回头，一个穿着印有家政服务字样衣服的大妈就从拐角里走过来道："小姐，把钱付一下吧。"

"好好好，我知道了，你别这么大声！"洛潜心一边比画出小声点的手势，一边心虚地走上前去把打扫咖啡馆的家政服务的钱给付掉了。在宇宙事物不变的基本前提之下，职场女强人的生活自理能力以及家务处理能力的水平，和在公司的能力地位呈反比，别说几个小时里就把原本几乎一塌糊涂的咖啡馆整理干净，就是洗上十个盘子，洛潜心也得摔碎八九个吧。

门那头，David笑笑，不由觉得，心里头总是暖暖的。

他梳理干净从浴室里头出来，腰间只系着一条白色的长浴巾，湿漉漉的头发向下滴着水，顺着脖颈滑下去。

好一幅现代版本的"贵妃出浴图"，却是被洛潜心看个正着。

两人对眼儿瞅着，尴尬了有好一会儿。

"吃了吗？"洛潜心不知道是自己的嘴坏了还是脑子坏了，竟然脱口而出这种六十年代的搭讪金句。

"……还没吃。"David从一边儿的架子上取了件夹克穿在身上，道，"今天真是谢谢你了。"

"客气什么。"洛潜心道，"你怎么样了？没事儿了吧？"

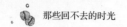

David沉默了一会儿，点点头道："是没事儿了。"

"那行，人活着呢最重要的就是开心，来，我去煮碗面给你吃。"洛潜心一通香港TVB经典不走心敷衍型对话结束之后，就转身回到店里面去了。

也不知道刚刚自己的心跳怎么跳得那么快，声音大得惊人。David穿好衣服回到前面的店面里头，已经晚上十一点钟的样子了，店面里的客人都走干净了。只有洛潜心一个人，还有咖啡桌上那个冒着腾腾热气的和桌子极其不搭调的电磁锅。

"来了？"洛潜心张罗完毕就坐在椅子一面儿道，"来吧，赶紧吃点儿吧。"

David坐下，那电磁锅里的算是火锅吧，五颜六色的，看着倒是挺美味的。

"你这锅东西是？"David禁不住开口咨询。

"哦，我以前加班晚回家，没什么吃的了，夜宵都关门了，外卖也不做了，我就找个锅，然后随便把能吃的东西都倒进去，跟火锅似的，特好吃。"洛潜心说得双眼之中都闪出光色来了。

"把能吃的都倒进去，你也是挺随性的。"David说道。

二人就这样，面对面坐着，吃着这锅暂且叫做"火锅"的食物。

不知道是辣椒放得多了还是怎样，洛潜心的眼睛红红的，David 的眼睛也是红红的。

有些事情，一闲下来就都会涌进大脑，像是诅咒和烙印一样，永远没有办法抹掉，直到最后。

"我们走吧！"David 忽然起身说道。

"去哪儿？"洛潜心问道。

"哪里都行。"David 道，"只要不是这里。四川、西藏、云南都行。"

洛潜心望着他的眼睛，忽而笑了，什么疑问也没有，点点头道："我们走！"

无须多问，他们坐上了前往云南的航班。

David 并不知道，这趟云南之行，迎接他们的是什么，他是来散心的，或者是来逃避的，又或者，无论是对于洛潜心还是对于自己，这趟云南之行都是一场目的并不单纯的逃避之旅。

二人坐在靠前的位置，望着逐渐晴朗起来的窗户外面，天空亮得迷幻。

"给我一杯红酒，越红越好。"被帘子遮住的头等舱里，穿着红色高跟鞋的女人轻声吩咐道。

"好的，非常乐意为您服务，白沫女士。"

第六章　花火

生活有着最让人无法掌控的剧情，飞机侧翼划过白色的云层，David和洛潜心分别望着窗户外面美得并不真实的云彩，恍惚间，各有所思。

那年春天，细长的风吹过少女潜心的脸颊，萧燊抱着她坐在上海渔人码头的岸边，春天的海比夏天的要安静许多，却又比冬天更谦和温柔些，金色的太阳从海平面的最远方一蹦一蹦地向上跳动着。

"你看太阳，活像个大头娃娃的脑袋，可爱极了！"潜心的头埋在萧燊的怀中，迷离的目光望着远远的太阳，那一刻她只觉得自己距离温柔与幸福是那样地近，仿佛只要微微抬一下手就能碰触到太阳的温度。

"喜欢吗?"萧燊低声问着,在女人的额头上轻轻一吻,那是一种珍惜和爱护。

"有你在的地方,无论什么我都喜欢。"她温柔若水般地笑着。

男人温润一笑,拉住女人的手,由着那小小的手被自己大大的手掌包裹住,不留一丁点儿的缝隙,他说道:"等将来,我带着你一起环游世界,就我们两个人,好不好?"

"好。"她那样自然地回答他,一对人沐浴在晨曦的橘红色阳光里,世界之中似乎只有她洛潜心和萧燊。

"我们先去哪里?"

"云南好不好?"

时光在纷扰中前行,他们两个甚至没有来得及一起离开上海就分道扬镳了,而那曾经的携手相伴环游世界的誓言也就变得分文不值了。

两个人的旅行,变成了一个人的回忆。

站在丽江古城的最前面,望着来往繁杂的喧闹,一时间,洛潜心有些失神。

"你知道来丽江要做的事情是什么吗?"David 站到洛潜心的面前,没等洛潜心缓过神来,就从手里扔了一瓶罐装的啤酒在洛潜心的手里。

　　洛潜心可没想到David的腰包里头还带着这等"旅行神器"，连忙接住，埋怨道："哎呀，吓死我了，幸好本姑娘手脚灵活，要不然被你扔了罐啤酒，命丧丽江，看你怎么办。"

　　"当心吧，要是砸中你更好，把你砸醒了才是最好呢。"David说着边往前走着一股子埋怨的口气说道，"说好了咱们是出来心灵救赎的，你一脸茫然的样子，不知道心思飘到哪位姑姥姥家里头去了呢。"

　　潜心呼了口气，知道David也是为了自己好，既然离开了上海，就是出来放松和享受的，萧燊没去美国，孩子不是他的，她朦胧之时求婚David，这些种种都可以暂时被抛弃在脑后，现下要做的也就是让自己安静下来，好好地放平心态罢了。

　　潜心虽然不愿意承认，但是她和David心中都清楚得很，来云南真正的主题和目标就是"逃避"二字，让发生在上海的事情暂且留在上海。David更清楚更明白，他在逃避白沫，逃避那个被自己狠狠伤害过的女子。

　　"姐姐买几根彩绳绑着头发吧，吉利着呢。"一个身穿民族风格服装的小女孩迎上来，红彤彤的小脸着实让人看了越发喜欢。

瞧着那小手里头无数的彩色细绳，潜心点头挑了几根。小女孩拿了钱便一溜烟儿去别处卖细绳了。

David 正往前走着，身边人却不见了身影，他回头一望，只瞧见洛潜心自个儿手里头拿着那几根色彩不一的细绳正手忙脚乱地往自己那一头秀发上编呢，没承想却是弄得蓬头垢面一团糟。

David 看着她着急的样子笑弯了腰。

瞧着 David 那一副幸灾乐祸的样子，洛潜心没好气儿地喊道："喂！你还有没有点道德良知啊？还看着干什么？快些来帮我啊！"

David 摆着手笑岔了气儿道："你姑且等我一下。"言毕就从包里头取出相机对着洛潜心的窘态好一阵拍。

"你拍够了没有啊？"洛潜心重重地哼了一声，干脆坐在路边儿的一块儿突起的石头上，瞧着潜心一副气嘟嘟的样子，David 只当她是真的生气了，就赶忙跑上前来，抬手就去帮忙编她头发上乱成一团麻绳的绳子。

这边 David 光顾着整理潜心头顶上那乱糟糟的一片了，却不想洛潜心嘴角勾起一个邪恶的弧度，David 大叫不妙，却已来不及了，只一会儿，洛潜心就拉着他的衣领，将手中的矿泉水倒在了 David 的衬衫里头。

水浸透了 David 的衬衫，衬衫贴合着 David 的身体，把一道道曲线勾勒得淋漓尽致，从腹直肌到人鱼线应有尽有。

路过的妹子们都忍不住停下脚步来欣赏一下这突然而来的"满园春色"。

得，现在这光景就换做洛潜心大笑不止了，她还一副意犹未尽的样子抬起手指，点着David湿透了上半身坏笑道："呦，不错哦。"

"真是败给你了。"David本是不生气的，瞧着潜心能够一笑，尤其是在这种境遇之下，她的一笑换他湿身几回也值了。

"你可别光顾着笑了。"David装作没好气的样子站到潜心身后，一边忍着路人们世俗"惊艳"的目光，一边儿给洛潜心打理头上的细绳。

潜心笑了一会儿，却也是不笑了，她微微抬头望着正专心给自己编那些个细绳的David，专心的男人是最有吸引力的，这是凡人都知道的准则，潜心也有些迷糊，她并不是从来不思考自己和David之间的这种说不清道不明的关系。而这种感觉在跨年夜那一吻下去之前就已经存在了，只是兴许是积蓄了一定的力量，而汇聚成了那一个长长的吻吧。

潜心知道自己那日得知萧燊真相之时几近昏迷之下

要 David 娶自己也并非是没有原因的，或者在她的内心深处一直以来都是有一个声音在呼喊她接受 David，只是每当她的理性占据上风的时候，她就要制止自己那样做，她的心里总归还是有萧燊的，当初昏迷之下要 David 娶自己应是想要逃避和结束的反应。就这样，从那个吻到求婚，她都在用各式各样的理由告诫自己，自己和 David 之间的那张纸绝对不能戳破，否则爱情不得，友谊俱损。而她也不想在心中尚且装载着别的男人的情况之下携手David，毕竟那并不公平。

远远地，戴着遮脸的白色太阳帽的女子透过黑色的墨镜镜片望着那边如胶似漆般的二人，手中的板装茶叶片也发出了破碎的响声。忽而她的目光望向身边不远走过来的专供游客照相的马匹，她的拳头越发地攥紧起来。

"为什么？"恶狠狠的三个字从牙缝里挤出来，指尖大小的银光在女人手中划过，她气定神闲而又若无其事地走向那匹小马驹。

"好了，编得差不多了。"David 说道。

潜心拿起手机透过反光看自己的头发，只看见原本在自己手中不听话的那些个细绳，一条条地都安安稳稳规规矩矩顺顺从从地装饰在自己右边发际之上，很有一番别致的异域风情。

"没想到你一个大男人家，不仅甜品什么的做起来拿手，连编辫子这种女孩子做的事情都做得得心顺手，是不是以前给别的女孩子编的时候练出来的呀？"

话一出口，却莫名其妙多了一丝丝的醋味。

David却是心中一阵战栗，曾经的她也是最爱自己为她编好一双辫子的，那时他就在普林斯顿的榕树之下，他们相遇的地方，她依靠在他的腿上，一双人，一对蝴蝶，曾经美好，种种，难以忘怀。

"小心啊！"身后传来人群吼叫的声音。

David回过头去，却已来不及，那马匹嘶吼着奔向自己身边的潜心，潜心已经慌了神，只顾尖叫着却不能移动分毫，David来不及多想，腾空跃起，将潜心扑倒在地，那马的蹄子狠狠划过David的额角，留下一道不长不短的血痕。

"David！David！"逃过一劫的潜心转身望向David，只看见David额头流血，心一紧，跪在一边哭了起来。

正哭着呢，那躺在地上的人抬手就堵住了女人的嘴。

潜心一看David醒过来了，方才把掉在嗓子眼儿的半颗心给放回了肚子里，她移开David的手说道："你没事吧？我看你不动，额头又冒血，只当你死了！"

David一个鲤鱼打挺站起身来，擦了擦额角的血道：

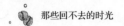

"幸好只是划破了点儿皮，你没事儿吧？"

潜心摇摇头，连忙扶住David的胳膊，David摆摆手表示自己没事儿，他回头一望，正对上那个戴着白色遮脸帽的女人，那女子身子一怔，转身迅速消失在人群中之中。

David的神情紧张起来，呼吸也变得有些急促。

"David？你怎么了？看什么呢？"潜心凑上去向着David的目光望过去，却只看见方才看热闹已逐渐散去的人群。

"没事儿，我们走吧。"David轻轻地回答着，但心中明白，如果真是那个女人，那么自己和潜心的这趟大理之行的灾祸估计会不断，而这小小的受了惊吓的马或许只不过是一个最简单的开头罢了。

"什么？没有房间了？"洛潜心大手一拍，就落在了酒店的前台桌子上，整个台面都震动起来。

看这个阵势，David在一边儿倒是大脑彻底空掉3秒钟。也是，洛潜心向来都是国内国外商务舱飞五星级住的，哪家酒店不是像供着财神一样招待着每位客户，只刚遇到这种忽略网上预定订单的酒店，心里面怎么能舒坦。

"怎么着？想闹事儿啊？"这家叫做"丽江一夜"的

酒店是当地一家还挺有名的地方主题酒店，是私营的，装饰什么的也是和整个丽江的风情最为相近也最为地道的了。只不过看前台里头这体积庞大的三十岁中年女店主的样子，估摸着今天这店是住不成了。

"我告诉你，你这种人啊我见多了，快走快走，别打扰我做生意。"那老板娘也不是省油的灯，不耐烦地挥着手要潜心离开，David见潜心气急，连忙上前在火山爆发之前把洛潜心拉在一边儿道："你就别和她争执了，我们换别的地方住就是了。"

"这不是换别的地方去住的事情。"洛潜心挣脱开David拉着自己胳膊的手，义愤填膺地说道，"他们这种行为是置《消费者权益保护法》于不顾，今天我不治她，他们是不知道悔改的。"言毕便一不做二不休般地挽起袖子，要再上前台。

David连忙拦住，苦声劝道："哎呦喂，我的姑奶奶啊，我们身在异地，你就别行侠仗义了成不。"

"好啊，那我不行侠仗义，你看看这都十点了，我们在丽江的第一晚你就打算让我露宿街头？"

David无奈叹气一口，拍了拍洛潜心的肩膀说道："你在这儿等着。"David歪了歪脑袋就跑到前台那里有的没的和那圆滚滚的老板娘聊着，也不知道说的些什么。

洛潜心在远些的地方打量着，看那David一只胳膊放在牛仔裤的口袋里，另外一只则支撑着脑袋侧身懒洋洋地靠在前台上，那老板娘的脸则是雨过天晴，笑得花枝乱颤的。

这样大概几分钟之后，David走回来，向着还站在大堂的洛潜心一个跟上的手势，洛潜心不解，David握着拳的手臂抬起，手一松，房间的钥匙就魔术般地挂在他的指间。

洛潜心连忙跟上去，二人一边向上走着，潜心一边问道："你怎么搞定那个凶神恶煞的恶婆娘的？"

"你瞧瞧你，咱们出来是寻开心的，你这样子倒是像极了是早更了一样。"David随口说道。

"早更你个大头鬼啊，你才早更呢！你全家都早更！"洛潜心抬手在David的腰间狠狠地拧了一下，David疼得倒吸一口冷气道："好说不是呢，我看你连人家楼下的老板娘的脾气都赶不上。"

"快说！你是怎么搞定她的？"洛潜心揪着David不放，干脆拉着他在通往四楼的楼梯拐角停了下来，楼梯本就狭窄，这两人一前一后面对面一站，便占去了一半儿多的空间。

"你那么较真做什么？"David撇着那两根青黑色剑眉

忽而戏谑道，"我当然使用了一点点特殊手段了啊。"言毕还故意假不正经地挑了挑他的眉毛。

"不是吧？！David你为了间房居然牺牲色相啊！"洛潜心刚开口，身后经过一忙着上楼的男子，那男子看起来很是着急的样子，没意识着竟狠狠地撞了洛潜心一下子，潜心哪里有什么准备，重心不稳就一下子扑倒在David身上，David只能向后倒弯着背，半个人抵在楼梯扶手上头悬在外头。

潜心就压在他的胸膛之上，二人脸对着脸，呼吸碰撞着呼吸。

他结实的胸膛，骤然提升的温度，隔着薄薄的白色衬衫感受着潜心的温度，潜心的脸刷地红了起来，这种暧昧的气息和尴尬的境地无处躲藏。

"妈妈！这位阿姨和哥哥在做什么啊？"一声稚嫩的疑问声打破了这暧昧到窒息的沉默。

"谁是阿姨啊！"洛潜心回过头去，只看见一个六七岁的小男孩一边舔着棒棒糖一边拉着站在身边的妈妈的手，想来是被洛潜心这惊涛骇浪一问活生生给吓着了，棒棒糖都掉在了地面上。

"哎呀！哥哥姐姐是在……是在运动啊，我们不要打扰他们了，走吧，走吧。"男孩的妈妈捂着男孩的眼睛，

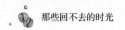

拉着男孩儿就往楼下跑去了。

"喂！我们不是在运动啊！教小孩也负点责任好不好！"洛潜心喊道。

"算喽，人家是小朋友，运动什么的在人家看来是很纯洁的。"David的额角流着汗滴，说话的声音都是闷闷的。

"可是我哪里像阿姨啊。"潜心道，"现在的小孩好似没见过阿姨这种生物吗？话说为什么要叫你哥哥啊？"

洛潜心望着David，却猛然意识到自己还在David的身上，忙说道："你还好吧？"

"好什么啊。"David一个字儿一个字儿地说着，现在两个人的姿势竟然神奇般地达到了某种程度上的绝对平衡，处于倒与不倒之间。

"我们还是想办法站起来吧。"David说着便开始挪动着身体，于是这种挪动也带来了全身各个部位的随之移动。潜心的脸绯红火烫，她只好岔开话题道："你究竟是怎么搞定那个老板娘的，该不会真的是出卖肉体吧？"

话还没问完，只听见咔嚓一声从David的腰间传出。

"看起来……"David扭了扭头下意识地看了一眼自个儿的腰说道，"这下我是想要出卖肉体都行不通了。"

于是这二位就华丽丽地摔倒在地面上了。

把腰闪着的 David 弄回房间里头可不是件容易的事情。

"这活动量堪比我大学时期的 1000 米。"洛潜心把 David 小心翼翼地扶在床上，摸了摸头上的汗道，"不过这应该算是老天爷对你这种用金钱收买别人的可憎行为的警示吧。"

"得了你。"David 痛得呻吟着道，"你可别在那儿说什么风凉话了，赶紧给我弄点冰块敷一敷。"

潜心嘴上不放过他，却早就忙着从小冰柜里取了些冰块，也不管手凉，徒手捧着放在毛巾里头裹着，一路小跑着奔向床边，不想赤脚跑时，脚趾头撞在了墙上，疼得她狠命地大叫了一声。

"没事儿吧？"David 可知道这种撞在墙上的痛苦，想要翻身却被潜心拦住，潜心说道："你躺着就好，先给你冰敷，免得真把这猪腰子给废了再缠上我。"潜心说着就撩开 David 的衬衣，那受伤的腰部肌肉都有些略微红肿的迹象了。

"你忍着些。"望着那片红，潜心也是有些心疼，毕竟这事儿自己也有责任。待她小心翼翼地将那冷敷的毛巾给铺好了，潜心便一瘸一拐地从小冰柜里拿着些冰块随便地靠在自己被墙壁撞到的脚趾上头，坐在 David

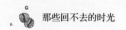

旁边。

两个人对视一望，不免笑了起来。

"你笑什么?" David 问道。

"你看看，我们这才到云南，就被惊马划破了头的划破了头，扭了腰的扭了腰，撞了脚趾的撞了脚趾，整得遍体鳞伤，倒不像是来心灵救赎旅游的，反倒是像极了来打仗的。"潜心自个儿说着，都禁不住笑起来。

"是啊，咱们这对儿人还真是多灾多祸呢。"David 点头同意道，心中却是一紧。本来他还没有意识到，只是经潜心这样无意一说，心中不免多虑起来，毕竟今天那个熟悉的身影让他心头一震。如若是真的，如若真的是一路跟来，那这一切偶然的创伤兴许就合情合理了。想到这里，他的脸色越发青冷了下来。

"所以我们就要庆祝庆祝啦!"洛潜心抱着一瓶香槟跳上床来。

"香槟? 你从哪儿弄来的啊?"David 指着香槟问道。

洛潜心一边自顾自开着香槟一边说道: "从刚刚旁边房间门口的客房服务的小车上顺来的。"

"喂!" David 一听吓了一跳，连忙夺过香槟说道，"你这还说我呢，你这是偷啊，赶紧还回去，我来大理是来放松的，不是大理警局一日游的。"

"凭什么啊?"潜心说道,"那老板娘那样一个态度就活该。"

"那你也不能偷啊。"David低声说着,似乎生怕这房间里头有什么窃听装置之类的东西一样,压低了声线,哑哑的。

"好了,不是偷的,我先前去外头买的。"潜心解释着从David手中把这香槟拿回来,从床头柜上取了两只木杯子将那香槟缓缓地倾倒了进去。

折腾了好些日子,这多灾多难的云南之行估摸着是让身边这女子累了,但是总算换来嘴角上难得的一抹浅笑也是足够了。只不过依靠在床头的David望着趴在床上睡着了的潜心,那一双柳眉在梦中尚且微微地紧蹙在一起。

他多希望无论在梦中或是在这冰冷的现实里,她都能快乐,可是命运的催促让他们没有时间停下脚步,云南之行若是结束,回到上海那日夜笙歌的冰冷生活里头去,那些被他们自己偷偷掩埋和藏在内心深处的东西总归是要午夜梦回般萦绕不散的吧。

瞧着她熟睡的容颜,他忍不住想去抬手抚平她紧蹙的双眉。

第七章 落寞

关于那件事，他是早就知道的，只是一直犹豫着没有告诉潜心。

　　那是潜心去医院帮忙料理萧燊的孩子，而后感冒之后的事情，那个雨夜，淅淅沥沥的水珠落在榕树巷的板石路上面，发出哒哒的清冷响声。

　　David是要准备打烊了，门边儿的铃铛声却随着开门声响了起来，他抬头望过去，神色逐渐变得冷清起来。萧燊站在门前，浑身是雨水，眼圈红得瘆人，仿若是流血一般。

　　而这种气势却是David先前所没有见过的，凄冷的月光落在站在门前的这穿着一身黑色皮衣的男人的身体上，他棱角分明，而因为营养不良导致的瘦削泛黄的脸如冷月般泛着光，陷入深深的黑暗。

David鼻尖上的肌肉微微地抖动了起来，他一手扔下手里的面团，面团落在面粉上扬起一阵白色的粉末，他从那虚无缥缈的粉末中走出来，站在萧燊面前半米远的位置，两个背负着无数故事与神秘感的男人在这个凄冷的雨夜第一次四目对视。

巧克力豆趴在地上抬头看看自己的主人，又看看屋外这个男子，微微愣了愣，趴下了圆滚滚的毛绒脑袋。

先是悄然无声的寂静，然后就是男人出拳的拳风之声，巧克力豆猛地尖叫一声，David反手接住萧燊的拳头，顺势向自己身体的方向用力一拽，二人平衡打破，倒在地上，扭打在一起。

终究是David力量上占了些优势，三两下就把萧燊死死地按在地面上。

"你平日里摆着一副孤苦伶仃的样子，没想到出起手来也是不依不饶。"David说着抬手擦去了自己嘴角的一丝鲜血。

萧燊被按压在地上不能动弹，他挣扎了两三下，贴着地面长长地呼出了一口气，仿佛把身体里的力量都随着这一口气呼出去了一般。见他整个人已然无力地瘫软在地，David也就起身坐到了一边的沙发上，冷冷地望着眼前这位深夜来拜访自己的男人。

不承想，萧燊翻了个身，甩起胳膊遮住自己的额头，猛然啜泣起来。

"你哭什么？"David眉头一皱，显然没有想到刚刚这个出拳如猛虎的男子居然就这样哭了，而且是在另外一个男人的面前，这种感觉和场面实在是略有诡异。

"我他妈压根儿就没去美国！"萧燊如是说着，身体就已经颤抖起来。而David更是彻底蒙掉，若是他萧燊没去美国还在中国，那么那日榕树下之约，他为何没有赴约？即便他那日没去，事后为何不再找潜心解释？为什么又要娶妻生子。为什么会沦落到今日这般境地？

"你告诉我这些做什么？"David冷淡地问道。

那夜之后，David着实想了太多，萧燊将所有都告诉了他，一点细节都不落下。

"其实去美国留学的事情只不过是一场骗局罢了。"萧燊坐在椅子上，抬手点燃一根烟，又抬手掐灭道，"从头到尾都没有留学这件事情，是我编造出来骗她的。"

"原因呢？"David低声问道，眼前的这个男人眼中的神情是那样的苦涩，令他捉摸不透，只是有一股子哀伤，是他David能够体会一二的。

"我那么爱她，怎么会离她而去？"萧燊苦笑一声道，"从以前，她在那堆混混的面前打死都不承认认识我的那一刻，我就下定决心要娶她，要守护她一辈子，可是，有些时候，事情并不是像我们自己想象的那样简单。"

"发生了什么事情？"David问道，"才让你到了这样的境地？"

"我们家里没什么人了，就只剩下我，还有在村子里的哥哥，就在快要毕业不久之前，我哥哥和村里的王哥一同去山里砍柴，雨天路滑，哥哥他跌下了悬崖，结果王哥用尽一切把我哥救了上来，自己却体力不支，摔下悬崖去，死了。"

萧燊说到这里，目光中闪烁起一层一层的浪花和水光。

"那个王哥——该不会就是？"David明镜一般的心思早就猜出了一二。

"不错，就是我现在的妻子的丈夫，孩子的真正父亲。"萧燊站起身来呼了一口气道，"他们家也没人了，老婆孩子就靠着王哥一个人，我哥因为悬崖的事缺了条腿，整日以泪洗面，他良心上对不起王哥，就一个人躲到深山里住去了，于是我，也就只能是我，替我哥哥赎罪报恩，照顾这一对母子，不能让他们生无所依。"

David可以想象那对于他们是怎样的煎熬，在暗处望着自己一生中认定的心爱的女人为了等待自己而在雨中哭到失声。他却只能远远地躲在远处的窄巷里头，干巴巴地望着她哭到撕心裂肺，哭到窒息沙哑。

"你是指望我因为你这些不知道是真是假的感人故事就放弃潜心吗?"

"你们在一起这么多年都还是朋友相称。"萧燊一语中的道，"想来你自己心中也明白，如果我真的想要她回到我身边，你的胜算并不大。"

David气急，却无言以对，拳头狠狠落在吧台上。的确是这样，他和潜心之间的关系暧昧不清，根本无法戳破，而他们各自都怀有心事：她心中的萧燊，David心中的白沫，无论是榕树下的雨夜，还是浴缸中的满池血红，都是羁绊着他们不能在一起的缰绳。

他不得不承认萧燊所说的话，如果萧燊真的有意想要重新拾起潜心对他的爱，也不是没有可能，况且现如今的潜心根本就没有真正放下对萧燊的感情，或许，她就从未放手过吧。

"我的罪孽太深，伤她太深。"萧燊站起身来一边说着，一边缓缓走进那漆黑不见一丝冷光的雨夜之中道，

"我来是要你代替我好好照顾她，好好保护她，她面上看着强硬坚强，实际上她的心太软也太脆弱。"

"喂！"David起身喊住他道，"我不是替你爱她，而是替我自己爱她。"

那身影没有回头，只是加快了步子，消失在冷冷萧瑟之中。

微弱的晨光透过白色磨砂材质一般的窗帘透进室内，David躺在床上，怀里抱着个枕头，看他也算是一条硬汉，睡觉的时候却也似个大男孩一样需抱着点东西才睡得踏实，不过睡得安稳却总也不见得是好事情。

David的房门被轻轻推开，一双脚悄然无声地踏进房门里来。来者极其小心，加之地面又是地毯不出一点声音，那身影手里似是拿着什么家伙一步步地向着床上的David靠过去。

David鼻尖一抖，猛然察觉似是有人站在自己床前，乍然翻身坐起，却被眼前人吓个正着。

"哒哒！"黑暗里，洛潜心手里捧着一个盛放着面条的碟子，神情诡异地靠在自己脸前。

"啊！"David下意识一吼，潜心也是被这忽如其来的叫声给吓着了，也叫了起来，手底下却是一个不稳，那碗面条飞出她的双手，在空中完美地做了一个360度自由翻转，然后又来了一个完美的落地——稳稳当当，不偏不倚地扣在了David的头顶，像是个陶瓷的帽子，那些面条就更加完美地挂在碗的边缘，恍若长直发生在David那头短平头上一样。

David面无表情地望着洛潜心，洛潜心保持着刚刚试图去接那碗面条时候的动作——一只脚腾空一只手按在床上。她抬头望着David，下一秒便忍不住笑出声来，整个人放肆地滚在一旁的床边，似是要笑破了肚皮。

"喂。"David斜着目光看着这个笑成一根麻花的罪魁祸首。

潜心摆摆手，上气不接下气地站起来道："不……不好意思，你……你等会儿，让我笑完了先。"

David嘴唇一抿，轻轻点头道："好，我等着。"

于是David这个美好的生日清晨就在一坨面条的滋润和洛潜心肆无忌惮的笑声里"顺利"度过。

莲头的水洒出来，David皱着眉头把身上的面条洗干净，一边儿往头发上抹着香波，一边隔着玻璃向坐在外头的洛潜心喊道："所以你是为了给我庆祝生日才来给我送长寿面的?"

"是啊!"洛潜心坐在浴室外头喊着，不过脸上的笑意明显展露，她还没有从刚刚那肆无忌惮的大笑里缓过劲儿来。

隔着水声，听见女人语气里面那些藏不住的笑意，David只是微微一笑，心里头却是暖和的，他终究是最喜她开心的样子了，每每她犯了错，不经意间流露出来的那些小动作着实让他心头一颤，那才是真实的洛潜心，没有生活在压力和虚假面具之中的洛潜心，离开了职场放下了那个十年的洛潜心。

"那你就敲门进来就成啦，整得这样神神秘秘的，我当是什么连环杀手溜进来了。"David一边搓着头发上的香波起沫，一边儿喊道。

"我这不是要给你个惊喜吗？"洛潜心在外头道，"谁知道你个大老爷们儿警惕性都那么强，又不是活色生香的姑娘，害怕什么啊。"

"还惊喜。"David道，"我呀倒是光惊着了，喜啊我还倒是还没发现呢。"

"你就别抱怨了。"潜心说道，"咱们现在人在云南，过个生日能有碗长寿面吃吃就是好事情了。"潜心说着，里头的水声忽而停了下来。

"哎？"头上还是没冲干净的香波的David，拧着蓬头的水龙头喊道，"水怎么停了？"

潜心瞥了一眼浴室说道："对了，忘告诉你了，昨儿回来的时候，客房小哥说今天早晨停水。"

在浴室里头的David绝望地靠在墙壁上道："洛潜心啊洛潜心，你不早点告诉我，我这样满头泡沫怎么出去啊。"

"那你就待在这里吧。"潜心站起身来故意伸了个看起来很爽的懒腰道，"终于可以好好享受享受女士之日喽！拜拜。"

听见那样干脆的关门声，David无奈地摇摇头，看起来这个女人太高兴了也不是什么好事情，全身上下都是力量，非得被她活活玩儿坏了不成。现如今这状况，他也无奈，只能干等着来水也好早点加入到她洛潜心的"女士之日"里头以报今天的"面条之仇"。

浴室里头的David干脆坐在地板上，想着自个儿今天这生日过的，真是憋屈。

不过，她高兴，就好。

洛潜心虽然嘴上和David斗着，实际上她心中知道David迁就她之心，而这趟David一心安排的云南之行，她心中也暗自清楚David的良苦用心。虽然萧燊一事总归是难以彻底忘怀，但她也愿意将那些思绪藏住，不为别的，只为了不枉负David一片苦心。

本来早早起来借了楼下面馆子亲手做了长寿面，结果那面不争气，味儿还没尝着半点就"命丧黄泉"了，心中总归想着要好好地给他过个生日，没想到时来运转，机缘巧合正好这酒店的水又停了。借着这个空当，潜心决定出来搜刮"奇珍异宝"，给David一个稍微上得了点台面的生日礼物。

丽江古城总归是如何逛都是逛不完的，只是这初春里头最多且最为漂亮的便是花了，而这百花之中最为珍重美丽的也就当属格桑花了。

潜心在路边的花圃里头来回踱步，却只被那些偏白而又淡红色的花吸引着，却不知道这花叫作什么，正瞅着，只闻一女子的声音从自己头顶响了起来。

"这是格桑花，是云南春天最美的花。"

潜心站直身子望过去，只看见眼前站着一位身着白色长裙的女子，那女子的肌肤如雪一样白透，似乎是要看到那细腻下的血红了，只不过她的脸色却是白得奇怪，一丁点的肉色都瞧不见，也因这样，这女子一身白色长裙，披肩的黑色头发柔顺地贴在露出的细腻双肩之上，在这百花之中反倒是多了一种凡人难以碰触的仙气儿。

"你说这是格桑花?"潜心回头望着那一簇簇的由淡

粉到纯白的渐变，道，"我倒是第一回儿听说。想必很珍贵吧？"

"哪里珍贵了？"女子笑道，"这格桑花啊在高原最为常见。"

"是吗？"潜心不敢置信地用手轻轻去触碰那柔和的花叶道，"我倒是没见过这般清新脱俗而又灵气十足的花。"

"因为生在高原所以特别漂亮，我以前在伦敦的皇家植物园也见过，说是从中国滇南地区移植过去的，当时看了觉得很美，不承想来到云南，才是真美。"

"伦敦？"潜心道，"和我同来的朋友以前也在那段时间，要是他在，你们兴许能够聊上几句。"

"是吗。"那女子的神态略微地变了变，道，"那你又怎么不和你一同来？"

提到这个，潜心禁不住想起David此时在浴室之中头顶泡沫的窘态，道："他遇到了点问题正处理着呢。"

"哦……"女子点点头，潜心似是想起来了些什么似的伸手道，"我叫洛潜心，还谢谢你给我讲了这格桑花，要不然我可就尴尬了。"

女子颔首，犹豫了些许，随后抬手握住潜心的手应声道："叫我落花便是了。"

"落花，是个雅致的好名字。"潜心思索些许道，"只是你的手实在是好生冰凉啊。"

落花将自己的手抽了回去道："我向来是这样的体质，在伦敦的时候生了一场大病落下了病根罢了，倒是你似乎是对着格桑花情有独钟啊。"

潜心回答道："实话说，今天是和我一起来的那位的生日，我想着弄点当地有特色的礼物给他庆生。"

"那你的眼光真是准确。"落花淡淡而又有些落寞地说道，"这格桑花他应是最喜欢了。"

听眼前的女子这样说，潜心露出了疑惑不解的神情，落花一愣道："我是说这格桑花可不一般，我知道一处的格桑花长得格外好，而且能存活许久，只要在凉爽处生长，随着季节的变化还能够变换色彩，你若是送给他，当真是最好不过的礼物了。"

"是吗？"潜心一听这花能变色，自然觉得是再好不过了，连忙道，"落花，那地儿在哪里？我得赶紧了，要不然等我那位兄弟赶过来，就算不上是惊喜了。"

"你若是信我。"落花道，"那花圃就在附近一座山上，老板与我是旧相识，我正巧也要去看看新生的花朵，不如我陪你一起去。"

"那最好不过了。"潜心心中没什么疑虑，毕竟这个叫做落花的女子面善眼熟，定不是什么坏人，难得云游一趟，权当是认识了个朋友也不为过，况且落花的言谈也是十分随潜心的性子的，潜心没有犹豫便点头道，"麻烦你了。"

　　那花圃所在的位置真可谓是人杰地灵神仙般住的地界儿，花圃外围是一圈和梧桐树极其相似的树林，春天的云南多和煦的春风，那些树林被微风一吹，发出"沙沙"的响声，从远处看，恍若大海起伏的波涛。斑驳的树影清晰地投在花圃间隙的路上，如同一幅幅浓淡相宜的剪纸画。

　　而这绿树枝丫掩映之中，最出彩和魅惑人的当属潜心脚边的这些格桑花了，这些花远远地望过去恍若椭圆形状的一整片，潜心仔细看过去才发现花瓣都是连在一起的，花瓣最底下点缀着紫色的斑点，最上面的花瓣呈深色的紫红，下面是粉色的，由花瓣把颜色过渡得恰到好处。

　　"这就是你说的能变色的格桑花?"潜心与落花逛了会儿花圃，有些累了，便坐在一边的长椅上头。

　　"是啊，其实格桑花总归都是能依着季节的不同，变换不同的色彩的，只不过这些生长在高原的更好一些，也更明显一些。"落花说道,"而且这其中的花语也是很有意味呢。"

"这格桑花的花语是什么?"潜心连忙问道,"可别是些莫名其妙的,让他会错了意。"

"你不喜欢他?"落花见潜心这般紧张,问道。

"喜欢自然是喜欢。"潜心愁意上眉,道,"只是我们之间有一条不能逾越的鸿沟罢了,就像现在这样做朋友最好,我不希望也不敢希望有什么别的。"

落花的神情变得更加微妙了些,见潜心看出自己有些出神连忙道:"这格桑花的花语叫做幸福快乐,你倒是多想了,难不成你还见过男孩子拿着不是玫瑰的别的花向女孩子示好的?"

"你说的也是。"潜心道,"哪里会有男孩子拿着这种花求爱的呢。"

"是啊……是没有的。"落花这样说着,心思却早已随着这漫天飞舞弥散的花香回到了伦敦普林斯顿大学的校园。

"你愿意做我的女朋友吗?"那个时候的他尚且青涩,什么都不懂,双手空空地就站在榕树下头朝着她大喊,样子倒不像是什么告白的,反倒是像打仗似的,没有点什么浪漫柔情，倒是硬汉味儿十足。

当时的她终究是喜欢他的，要不是逼着他，就他那性子如何会在大庭广众之下向她表白？她低声笑着有意要整整他，便挺着腰踮着脚道："人家告白都有花，你两手空空的让我怎么有面子？这样给你三十秒的时间，我要一百朵花，要不然我就拒绝你的告白。"

这本就是个难题，她是故意为难他的，即便他凑不齐她也早就决定要扑进他的怀中了，只是没想到，这个倔强的理工科学生不顾形象，猛地一头扎进了旁边的花坛里头，只是几秒的工夫，扎了血的手便捧着一簇格桑花站在了她的身前。

原来，格桑也是他们结婚那日的花，是他们的花。

"潜心。"落花轻声道，"你能借我手机用用吗？我的信号不太好。"

潜心将手机递给落花，落花放在手中按压了一会儿便还了回去。

这边，David已经冲洗完毕，刚要出门便收到了潜心的短信，他本以为是潜心发来告知他自己的位置的，没想到打开来，却是那样两行字。

"潜心在我这里，要寻便来——白沫。"

下头就跟着一处花圃园区的名字和地址，David眉头一皱，心猛地冷了大半截儿，他绝对不希望发生的事情终究还是发生了，多少怀疑都成为了事实，这一路上，那个在雨夜冷冷走到自己身边警告自己的女人终于跟过来了，这一路上的种种或许就是她的阴谋诡计，David 自知理亏，毕竟是他害死她的孩子，而她或许是抱着一颗复仇的心归来的。

潜心有危险！

第八章　欺瞒

David 来不及多想就拦下一辆出租车向着那花圃赶过去。

"你对你那位朋友这般细心关怀，他应该是和你无话不说的知己了。"落花有意无意地将话题引向 David。

"知己算不上，也就算是男闺蜜吧。"潜心轻笑道。

"对了。"落花继续道，"我记得方才你说你那位今天生日的朋友也在伦敦待过？不知道是做什么的，兴许我们还见过呢。"

"他在英国那些事情我是一点都不清楚。"潜心说道，"他也是不愿意跟我说的，我想着他若是不愿意说我也就不问了，谁叫他整天把那句'让发生在伦敦的事情

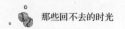

就留在伦敦吧'挂在嘴边呢。"

"让发生在伦敦的事情就留在伦敦?"落花低声重复着这句话,她站起身来,抬头望着远处冰凉的玉龙雪山。

难道他就真的如同那玉龙雪山一般冰冷无情?难道他就真的能够安心地让那些发生在伦敦的种种留在伦敦?那些过往,那一抹猩红色,那榕树下的相遇,那格桑花的诺言,他真的就狠心全都放下了吗?

只这样想着,她痛苦过,却从未像今天这般痛苦过。潜心在身后唤她,她不回应,黯然离开,就好似从来没有出现过一样。

穿过花圃,浑身是汗的David看到了捧着大把格桑花站在草丛之中的洛潜心。他跑上去,一把抓住洛潜心的肩膀。

"潜心!你没事吧!"David上下打量着洛潜心,眼神中流露出来的担忧十足,他真的不知道白沫会对潜心做出什么事情,而这一切只是因为现如今的白沫已经不是他所熟悉的那个白沫了,自己留在白沫心中的仇恨究竟还有几分深浅他一律不知。

潜心看David浑身是汗,夹克的后背都渗出汗水,她纳闷道:"我没事啊,怎么了?对了,你怎么知道我在这里?"

"谁带你过来的?" David皱眉紧张问道。

"偶然遇见的叫做落花的女子,她先前也是在伦敦待过,不过她刚刚走了,若是在这儿你们兴许能聊得上。"潜心说着把自己手里的那簇淡白色的格桑花塞在David手中道,"会变色的格桑花,花语是幸福,只要好生养着能活好一阵子的,到时候伴随着春夏秋冬四季变化,怎么样?我这个生日礼物满意吧?"

David心情复杂地接过那一捧精心打理修剪过的格桑花,一边儿轻声应着潜心,一边儿望向远远的花圃深处。花圃丛中,白沫蹲在地上,手紧紧地抓着自己的胸口,青筋暴突,锁骨明显到皮肤一触即破的程度。

"你就那么关心她的死活?"白沫无力而又僵硬地倒在花圃之中,她惨白的脸紧紧地贴在满是泥土的地面,手指深深地陷入土壤之中,她近乎嘶哑的声音低声啜泣,"在你心中,我就有那般狠毒?"

瞧着那安静的花圃深处,David深深地叹了口气。

"你说刚刚带你来那人叫做什么?"他问道。

"说是叫落花,还是个很雅致的名字。"潜心回答道。

落花有意,流水无情。David长呼一口气对潜心道:"我们明天直接去大理,想着丽江这儿你是玩够了。"

潜心点头答应道:"好!那就让我们向大理出发!"

洱海虽不是海，却真真正正受得起这"海"之名。青蓝色的水由稍远些的白色逐渐变为眼前的蓝色，David却告诉潜心那不是水的颜色，而是天空的颜色。潜心抬头去望天，不错，水天一色，一时间竟然难以分辨出哪里是天而哪里是水了。

"你看见水里面的倒影了吗，好美。"David陪着潜心一起在洱海边走着，青蓝色的荡漾里倒映出的是潜心的身影，一层层的，很是好看。

"看到了。"潜心停下脚步坐在岸边的石头上，一双纤细的腿荡在蓝色的水面。

"有件事情我不知道当讲不当讲。"David说道，"只怕是讲了你要怪我。"

"你讲就是了，这儿没什么人，水光一色，你讲来听听，正好解解闷儿。"潜心若有意若无意地将那赤着的脚掌搭在水面上，溅起微弱的水花。

"是关于——"

David话还没有开口讲，就听见远远传过来一阵欢笑嬉闹的声音。

潜心和David都被这笑声吸引了过去，之前见稍远些的地方，一对新人在七八个伴郎伴娘的簇拥下跑下公路来到洱海边上，新娘一袭白色的婚纱，新郎一身笔挺的西装，二人似是刚刚完婚携手在洱海畔相拥着，笑着，飞奔着，那双牵在一起的手似乎是永远不想松开一般。

David 望向潜心，潜心望着那对新人有些看愣了，只是眸子深处透露出来的那种寂寥和彻骨的寒冷让David有些说不出的心疼，她也是渴望自己有一天会是这样挽着最爱的人的手荡漾在山水绿林之中吧。

"怎么？着急嫁人了？还是终于意识到自己的年龄大了啊？"David 想逗她开心便打趣道。

"着急着嫁人又有什么用呢。"潜心的目光很是落寞，忽而她转身望向站在自己身边正挡在自己身前的风口上的男人道，"你还记得我晕倒那天吗？"

"你是说你知道了萧燊并没有出国而是另有隐情的那天？"David 道，"我当然记得。"

潜心垂下头，任由这洱海的风吹散着她的发丝，她又道："那你还记得我要你娶我吗？"

"记得。"David 淡淡地回道，"但你不用说什么，我知道你当时是一时间太冲动了。我没放在心上。"

"得了吧，你放没放在心上，这么多年我难道还不清楚？"潜心不想再打哑谜，她似乎是放开了一切毫无顾忌地说道，"你知道我为什么迟迟还不敢在感情上再迈出小小的一步？"

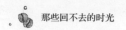

David不语，见风疾了些便脱下浅灰色的夹克盖在了潜心的身后。

"在云南待了这么久，其实我有点想明白了。"潜心回头望向David说道，"David要不咱们结婚吧。"

"你是认真的?"David问道。

"我是认真的，只要你不求我精神上的背叛，你知道的我精神上永远都不可能完全属于你，我只是……只是不可以。"潜心道，"你是我一生中最信任的男人，你从来不向我隐瞒任何的事情，一直支持我，保护我，虽然我有时候小打小闹的，但你都懂我……"

"我、我，实际上……"经潜心这样一说，David反倒是有些心虚，他犹豫起来。

"你怎么了?"潜心瞧着David局促的样子忽而问道，"David，难不成你有什么事情瞒着我。"

"我是有事情瞒着你，一直没有说。"如若不说出来，David只觉得自己有愧于潜心，想到这里他还是决定将那日萧燊来找过自己的事情一五一十地告诉潜心。

"所以……所以你很早就知道这一切了?"潜心从石头上直直地落在地上，脚底踩着水，一脸的不可置信，她向后退了两步，David欲向前靠近她，潜心却再三摆手，言语极其激烈，她只道："所以你早就知道一切，你却不告诉我，还装作什么事情都没有的样子？而我，从头到尾就像个傻瓜一样被动着等着他告诉我真相，然后傻乎乎地晕倒在榕树巷的底下？！"

"潜心！"David只知道潜心会生气，但是没想到她的情绪会因为这件事而变得如此的躁怒，David一边向前走着一边劝道，"潜心你这又是何苦？事情已经过去了，你现在好好的不就好了，知道得早知道得晚只不过是痛苦得早痛苦得晚罢了，早一日晚一日的又有什么区别呢？"

"早一日晚一日又有什么区别？"潜心疯狂地摇着头向后倒退着行走，似乎想要逃离眼前这个陪伴了自己这么久的男子，她嘶吼的声音在整个洱海上回荡："我等了十年了！已经够久了！那一天两天对你来说没有区别，但是对我而言却比什么都重要！你为什么也要瞒着我？为什么？！难道就没有人能让我活得清清楚楚，难道我就注定要活在你们这些男人漫无边际的谎言之中吗？！"

"潜心，你想得太多了，你太敏感了。"David安抚着洛潜心，一边向前走着一边说道，"你放下心好好想想，只不过是几天，我也是为了你好，毕竟如果你知道了真相，你必然会痛苦伤心，也会自责，更不知道怎么选择怎么处理——"

"我不知道怎么选择怎么处理？所以你不告诉我就是

等着我选择你吗?!"潜心最后的嘶吼仿佛尖叫，她转过身子不再听David的解释。

一直以来，她总以为David在她的身边是她的依靠，但是这一刻，她只觉得一股浓烈的被背叛的感觉蔓延全身，她不顾一切地向洱海深处奔去，水逐渐湮没了她的脚踝。

"洛潜心你疯了!"David毫不犹豫地追上去，却还有两三米的时候，洛潜心的身子却忽然无力地倒在了水里面，仿如一刹那之间就没有了意识一般。

"潜心! 潜心你怎么了?! 潜心!"David几近疯狂跑过去，不管脚被水底下的石头划出鲜血，他抱住潜心，她的脸却渐渐变青。

"怎么会这样?"David着急而又绝望地向岸边喊着救命，却猛地发现潜心的脚踝上有两个针眼大小的咬痕。

"是毒蛇!"David意识到了，可现在赶到医院根本就来不及，他的大脑从来没有像现在这样极速地燃烧而又慌乱过。他长长地呼了一口气，望了一眼身体逐渐冰冷的潜心的脸道："不要怕，我会救你，一定会救你。"

David一手揽住女人的腰身，一手抬起她的腿，俯身用嘴去吸出咬痕里的毒血，吸一口吐一口，时间过得很慢，David的意识越来越模糊，直到彻底丧失。

他的双眼只能看见天上的蔚蓝，朦朦胧胧的，好似水天相接，没有一丝丝的断层，身体被温暖的洱海的水所包笼着，耳边响起刺耳的鸣笛声，那个瞬间他以为自己要死了，眼前闪过生命中的无数画面，他和白沫，他和潜心，还有他未出世的孩子。他的身体轻飘飘的，David发誓那一刻他站在洱海上空看着水中的自己和潜心，他想抬手去触碰潜心稍有血色的脸，身体却急速地向上，飘离开了洱海，飘向了未知的黑暗。

上海HW公司在周一的早上陷入了黑暗之中。但是这所谓的危机却并不是什么经济危机，也不是合约报废，而是HW的当家台柱子，人力资源部总监，传奇一样的女人——洛潜心要离职了。

此时此刻总裁办公室外从主管到经理都聚在一起互相打听，这洛潜心前阵子请了个长假说是要出去放假消遣，在这种全球500强的企业里也没有怀孕也没有生病就随随便便拿下了长达数月的带薪假期已经是不可思议的事情了，可是这下洛潜心居然要离职？

总裁办公室里，当年面试潜心而现如今已经成为了HW亚洲地区总裁的杜心怡推迟了所有的会议，正在电话这头苦苦规劝电话那头远在大理的洛潜心。

"潜心你这是着了什么魔?"杜心怡道,"怎么好好的就要离职呢?"

洛潜心站在大理第一人民医院的病房外听着自己这一生的伯乐杜心怡的声音道:"心怡,实在是对不起,只不过我现下遇到了些事情,我可能……可能要在大理留一阵子,公司我实在是没有心情去顾及了。"

她这样说着回头透过玻璃看着病房床上躺着的David,十天前的光景仿佛昨天历历在目,她被毒蛇咬伤陷入昏迷,本已几乎一命呜呼,不想David却用嘴将她脚踝的毒血吸了出来,这一吸救了洛潜心,但是却让David的身体被蛇毒所伤害,现如今昏迷了十天仍然没有要醒过来的迹象。

"我们联系了当地的警局。"医院那边道,"他现在没有家人,前些年从伦敦回来,倒是有个前妻。"

这是洛潜心第一次知道David曾经有一个在伦敦的妻子。

"我必须留在大理。"潜心对着电话那头轻声说道,"既是我的错,既然都源于我,那就要我来负责。"

"潜心你在说什么啊?什么你的错?什么都是源于你的?"杜心怡在电话那头已然是一副皇帝不急太监急的样子,要知道洛潜心对于HW公司的意义是不容小瞧的。

"心怡，对不起。"潜心道，"我会给你把辞呈递过去的。"

"你别说了，我想办法给你办一年的长假，今年年底一定要给我回来。"杜心怡不再听潜心的解释，挂上了电话。

洛潜心收起手机，身体靠在医院冰冷的墙壁上，所有的误会在生死面前都已经是最微不足道的存在了。如果被欺骗可以换David不出事，那她宁可一辈子生活在谎言之中。

"我不该怪你的。"落寞的潜心自言自语着，她轻轻地推开病房的大门，David安静地躺在白色的床单上，身上穿着蓝白相间的病号服装，他的身体指数各项都很正常，只是陷入昏迷，而毒蛇毒液之中产生的他汀物质明显已经侵入他的大脑之中了，而他究竟能不能醒过来，医生也不确定。

"你平时最爱逗我了。"潜心走到床边坐下，一只手拉住David的手，十根手指交叉在一起，她用力地握着那只往日能做出自己最喜欢吃的独一无二的布朗尼的手，希望那只手能够像素日一样回应她，哪怕只是指间一个小小的微动也足够让她心安了。

"现在却一句话都不说。"潜心低下脑袋，枕在David

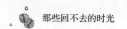

的旁边，他和她脸对脸鼻尖对鼻尖，嘴里呼出的热气就
那样扑在对方的脸上。

透明的眼泪从潜心的眼角流出来，沾湿了枕头，印
出了印记，潜心坐起身来站到窗户边，身体无力地依靠
在墙壁，抽搐着、啜泣着。

"你放心，我会一直在你身边陪在你身边，就像你一
直陪在我身边一样。"她低声说着，就像是从来未有过的
承诺一样。

日子总归过得飞快，感觉只是睡了一觉的样子，已
经入夏了。

而David也已经陷入昏睡状态两个月之久了，这长长
的两个月，恍若一个世纪一般，每天每夜，潜心都坐在
月光下，期盼那冰冷的月光能够在这一瞬间有一丝丝的
普众之心，让David能够醒过来，可是那月光下，他轮廓
分明的脸庞却已经静谧，安静得像个熟睡的孩子。

"你们知道37号病房的那个帅哥吗？"傍晚的护士站
向来是八卦的聚集地，两三个护士聚集起来就开始谈天
说地聊八卦，更何况医院里面难得住进一位异国风味强
烈的帅哥，更是成为了这帮护士们的茶余饭后的谈资。

"哎，人帅有什么用啊，还不是昏迷了这么久。"另

一个体型瘦削一点的护士正说着，潜心走过护士站在拐角处听着她们正在议论David，便停下了脚步，不愿意上前，这几个月她也憔悴了好些，头发就那样随随便便地洒落在肩头，脸也是不着一丁点的化妆品，日日素颜。

"是啊，不过你看看照顾他的那个女的。"另一个护士接茬道，"你说说非亲非故的，何必守在跟前这么久，人都昏迷了，还有什么用啊。"

"你们不好好查房，聚在这里聊什么有的没的？"远远地，神经科主治医师关宇拓走过来，皱着浓密的双眉，几个聚在一起开茶话会的护士赶紧四散开来。

关宇拓望着站在拐角的潜心，潜心正低着头，想来是刚刚那些护士的话多多少少伤害到她了。关宇拓是David的主治医师，这几个月的相处，潜心这个女人让他印象深刻，有几个人能够做到她这样，日日夜夜陪护在David的身边，为David擦洗身子，为他按摩，和他没日没夜地说话，即便回应她的永远只是一张熟睡的面孔。

"David现在没有生命危险，其实你可以带他出院在外面疗养的。"还没彻底入夏的时候他就对她说道，"这样兴许对你也方便些。"

"我现在没什么事情。"身形憔悴的潜心轻声道，"只是照顾他罢了，在医院里面多少有医生照看，而且做理

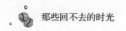

疗按摩什么的都方便，兴许他总归是能醒得早一些的。"

"洛小姐，你还是要作好心理准备。"即便不愿意告诉她真相，但是关宇拓还是将那冰冷无情的话语抛给了洛潜心，"以现在的情况来看，他汀已经影响到了他的大脑，能不能醒过来都说不清楚。"

"他一定会醒过来的。"那时候的潜心抬头反驳着，第一次情绪激烈，眼中闪烁着透明的水光。

"是，他一定会的。"

关宇拓走上前去，低下头用自己十分轻柔的声音问道："那些护士整天没什么说的，就爱瞎说，都不上心的，你别放在心上，别多想。"

"我没事……"潜心轻声说着微微抬头，眼睛已经满是泪水了。

看惯了太多病人家属的眼泪，本以为已经对泪水麻木和毫无感觉的宇拓却是心头一颤。这几个月来他从没有看过眼前这个女子这般脆弱的一面，她给人的感觉就是强大到不需要任何人去支撑，似乎所有的事情在她的手中都可以非常轻松地被解决，似乎她就是一个巨人，强大到可以承受所有的压力。

宇拓清清楚楚地记得David刚刚住院那会儿，一切都还没有安定下来，她一个看起来柔弱的女子是那样不可思议地完成了所有需要准备的事情，一点不拖泥带水，一切都井井有条。

"我还是头回见到你这个女强人流眼泪。"宇拓轻声说着抬手从白大褂的口袋里取出了一张蓝褐色的手帕递给潜心。

"谢谢。"潜心淡淡地回应着，抬手用手帕将眼角的眼泪擦了去，强装镇定道，"关医生。"

瞧着眼前这女子强撑的样子，关宇拓着实是为她感到心累，他道："既然撑不住，你又何必这样勉强着，要哭哭就是了，憋坏了对身体也不好。"

难得听关宇拓口中出来这样一句和冷冰冰的医学无关的安慰，只是对于潜心而言，这样一句简单的安慰就像是直中靶心的飞箭一样。

像洛潜心这样的女人，可以承受着巨大的压力，但是当自己的硬撑被别人看出，也被别人所理解的时候，那种日积月累的痛苦和委屈就会像是无边无际的水流一样，冲断毫无用处的大坝，从高地上滚滚涌下。

潜心忍不住哭出声来，见洛潜心这般，宇拓反倒是有些安心了，他毕竟知道一个人把心中负能量的情绪积压的太多等到完全承受不住的时候就会无从发泄，走向爆炸，而这情绪的爆炸带来的后果是谁都预料不到的。

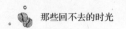

"我们去喝杯咖啡吧。"宇拓道,"你这个样子让人看到了难免又要平添烦恼。"

潜心点点头,微微平静了一下自己的心,和关宇拓一起往医院外面的咖啡店走去。

"小姐,您的布朗尼。"侍者将布朗尼端在潜心面前,潜心望着这外形熟悉的布朗尼有些失神。

"这里的布朗尼很不错,他们家的点心师是从英国回来的。"宇拓端着暖暖的咖啡杯道。

"英国啊。"潜心睹物思情,看着布朗尼却一丁点的胃口都没有,榕树巷37号已经好久没有开门营业了,现在是不是已经积了灰尘了,不知道寄宿在朋友家中的巧克力豆过得怎么样,是瘦了还是肥了?肯定是肥了,那个懒家伙向来是个没良心的,怎么会思念自己家的主人呢?这般想着,眼前便不由自主地闪过一幅又一幅熟悉的画面,David递给她的第一份布朗尼,抹在他们鼻尖的布朗尼,还有他握着她的手正在烘焙中的布朗尼。

坐在潜心对面的关宇拓望着潜心又是陷入自己的世界而没有办法脱离,只是轻轻地摇着头,她给自己的压力实在是太大太大,简直不留给自己一丁点的缝隙去休息。

"你为什么要留下来照顾他这么久?"关宇拓见潜心

没有要吃那块布朗尼的样子，便抬手将布朗尼拿到了一边道，"我难得和病人家属能认识得像你我这样这么长时间，你总该和我说说吧？"

"他出了事情都是我的缘故。"潜心的双眸紧紧地盯着眼前拿铁中四散开来形成的旋涡道，"如若不是我，他也不会像今天这样陷入昏迷而久久不能醒过来，这一切都是我造成的。"

关宇拓眉头紧紧皱着，他忽而问道："虽然我知道以我的身份不当问，但你是为了歉意和赎罪以及你的责任而留下来照顾他的吗？"

关宇拓是精神分析学出师的，后来因为精神分析学在中国市场不广而难以存活下去便重修了医学，只是他看人实在是太准，每一句话都是狠狠地直击潜心内心深处。

这一问，潜心愣住了，的确，这么久的时间了，她在David身边那么长的岁月，她从来没有问过自己究竟是为什么要这样做，或者她是不想去问自己，有些事情是她所不想去承认和面对的。

"我现在不想谈这些，我只是想等他醒过来，这是目前为止我唯一需要去思考的事情。"潜心道。

"你现在逃避，将来又有什么用呢？"宇拓道，"如果

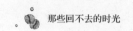

David真的就在明天醒过来了，你该怎么面对，一番拥抱哭泣之后，你又该怎么去处理你们之间的关系？"

潜心不语，这些正是她所逃避的。

她不能爱上David，她的心里尚且装载着那十年的伤痛，而那十年伤痛的人是她永远不会忘记的，至于其他，她只想能和David好好待在一起。他们必须只能是朋友，不能是恋人，要知道，和最好的朋友相爱是世界上最大的悲剧，结局永远是爱情友谊终不得罢了。

"看来你还没有得出这个问题的答案。"关宇拓望了一眼手腕上的手表道，"我要回去值班了，潜心，虽然咱们算不上是朋友，但是我在医院见过的人太多太多了，像你这样的却是头一个，有些话我觉得我该和你说说。你要知道，有些时候你去刻意阻碍一件事情发生反而会带来原本并不会出现的折磨，你知道吗？并不是所有事情都是可以被计划和被预见的，不要想太多，只要顺其自然，顺遂了自己的心意就好了。"

言毕关宇拓便转身离开，还没走几步，潜心回身叫住他道："关医生！"

关宇拓回身望着潜心，潜心有些犹豫，半天没说话，关宇拓道："你可快点，我是医生，还忙着去拯救世界呢。"

潜心一笑道："有时间的话，我们可不可以再出来聊聊?"

关宇拓向后退了两步道："我一般收费还挺贵的。"说着二人相视一笑，关宇拓抬手指了指道，"随时奉陪，开心点。"

潜心点头目送关宇拓离开，轻轻笑笑，回身正望见桌子上的布朗尼，她唤过侍者问道："你们的后厨能借给我用吗?"

第九章　定情

虽是夏天，但病房终究是不提倡开空调什么的，潜心坐在椅子边上用扇子为David扇风，自个儿的额角却全是汗水。

"你光顾着他，可别自个儿中暑了，我这重病患都忙不过来，可顾不上你。"关宇拓从病房门口走进来，手里拿着病历打趣道。

"比不上你们这么热的天还要穿着大褂子。"潜心笑言。

"他怎么样了？"

这二人正说笑着，门口俩护士便唧唧歪歪开口道："你看看关医生和那女的肯定有点什么。"

"不会吧？关医生可都是有了家室的人啊。"另一个
小护手说着转头去望屋子里的二人，潜心的心境现如今
已经开阔了不少，这也是，这些日子她一有闲暇时光便
和关宇拓聊天，有些事情也就想开了。想如今她天天都
借楼下咖啡店的后厨做布朗尼喂给David吃，即便David
只能吃流食，她也愿意为他没日没夜地制作，只等着有
一天，他睁开眼睛，吃下她亲手做的布朗尼，她含着眼
泪嘲笑他道："你看你睡了这么久，我都能自个儿开家榕
树巷37号把你给顶替了。"

只是这嘲弄却一直没有机会。

"你呀可别说了。"那护士指指点点道，"这个男人啊
都是下半身思考的生物，你看看那个洛潜心，以前因为
这个昏迷的男人那是整日里神情恍惚没有个笑的时候，
你看看现在一和关医生在一块儿就眉开眼笑的。"

"也是，你说说这两人的绯闻都闹得全医院沸沸扬扬
了，可就是这两人自个儿不知道。"

"知不知道我看也没用了，你瞧。"那护士远远地指
了指对面的走廊，一个身材略瘦削的女子正怒气冲冲地
踩着褐色高跟鞋向着这边走过来。

"那是关医生的老婆。"那护士笑着把同事拉到一侧
给那女子空出了条路来道，"这下可有好戏看了。"

这病房里头，关宇拓刚给 David 看完了健康指标道："心率血压都正常，你照看得很好，人没掉几斤肉反而结实了不少。"言毕他瞅了一眼 David 道："看着 David 的神色气息也都是好了许多的。"

"多亏了你开导我。"潜心道，"我想着 David 也不喜欢我整天在他身边哭哭啼啼的吧。"

关宇拓笑笑却看见桌子边上的布朗尼道："我瞧着你这个做布朗尼的功夫倒是越加熟练厉害了。"

"你可别了，嘴这么甜，给你吃就是了。"潜心笑着抬手拿起布朗尼用勺子挖了一小勺，关宇拓弯下身子去吃那勺子里的布朗尼，不承想这一幕正被刚刚走进医院的关宇拓的老婆瞧着了。

"关宇拓！"那女子手中的包被狠狠地扔在了地上。

"茉莉？"关宇拓回身想要赶紧把嘴里面的布朗尼咽下去，不承想有些着急反而噎住咳嗽起来。

潜心不了解状况，站起身来一边给宇拓梳理后背，不承想这一举动更是让茉莉怒火中烧。

"我本以为他们说的都不过是流言蜚语罢了，没想到今天眼见为实！你真的背着我和这个女人在一起乱搞！"茉莉说着就扑上来，关宇拓连忙拦住茉莉。

"我知道了，茉莉小姐，真的不是你想的那样。"闹腾成这样，病房门口围着一堆来看热闹的路人甲乙丙，潜心也是大概明白了是个什么情况，连忙解释道："宇拓和我只是普通的朋友关系，真的不是你想的那样。"

"你宇拓长宇拓短地叫着也不嫌害臊！"茉莉道，"还朋友关系?! 朋友关系有喂东西吃的吗？我看都是你这个贱人在这勾引人家老公！"

"茉莉你嘴上客气点！"关宇拓呵斥道。

"你还有理了？今天你别说话，让我好好教训教训这个不要脸的女人！"茉莉说着抬手抡起包来就要打，三个人你推我攘的，潜心脚底重心一个不稳，倒在David的病床上，这女人发起疯来实在是一时难以招架得住。关宇拓脚底一滑被推倒在一边。

茉莉拿起满是拉链的皮包就向着床上的潜心狠狠砸过去。

皮包落下，潜心双眼紧闭，却没有感到疼痛，她只觉得又一个熟悉的怀抱压在她的身上，紧紧地抱着她。

良久的沉默，她慢慢睁开眼睛，正对上那双熟悉的棕褐色的眸子，无须多言，只是四目相接的那一个瞬间，眼泪就刷地一下全部涌了出来。David面对着她，用身体护住她的身体，他的手钳着她的手。潜心已然啜泣开来，她从未想过他真的能够醒过来，她甚至早就做好了守着沉睡的他一辈子的决心，可是现在他醒了。

他真的醒了。

潜心与David四目相对，仿佛这之间传递着这几百天来的一切的孤独、痛苦、思念和担忧，周边的一切似乎都在这身体的交接之中消失不见。潜心抬起头来碰上男人冰凉的唇，那一瞬间天旋地转。男人青涩地在潜心齿间拨撩，继而慢慢娴熟，游刃有余。潜心只觉得好像是掉到了海里。温暖的、蓝色的海水轻轻地拂过她的脸庞，柔柔的，暖暖的。心中有一股温暖的深蓝色的飘带在摇曳。一切都像一场梦。梦得好不真实，但又的的确确发生在潜心的眼前。他的唇仿佛清凉的薄荷味，潜心吻着她，眼角已然流出了幸福的泪水。

David的眉宇流露出温柔的弧度，他用自己凉凉的唇轻轻舔去了潜心落在脸颊的眼泪。

潜心的一只纤细的胳膊抬起，颤抖的手掌抚过David的侧脸，那温度是如此的真实，就好像他从未离开过一样。

"你讨厌死了！"潜心低声说着，声音早已不平，而剧烈地颤抖着，她的粉拳一下接一下地打在David的胸口，David深深地呼了一口气，双臂收紧，只想把眼前的女人揉碎在自己的怀中，揉碎到和他彻底融为一体，永

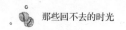

不分开。

"对不起。"David轻声唤着，低头吻着潜心的额头，潜心整个瘫软在David结实的怀中，多少次午夜梦回，她希望他能从病床上坐起将无助的她拥入怀中，现在他真的拥她入怀，潜心却只能哭，这几百天来的日夜的委屈和压力都在这一瞬间得到了彻底的释放。

"你还知道说对不起啊！"潜心挣脱出男人的怀抱整个人靠在床头的墙壁上，眼睛已是通红，她哭道："David你真是浑蛋啊！你真是浑蛋啊！你睡那么久干什么?！啊?！你到底要睡那么久干什么啊！你知不知道我有多自责？你知不知道我有多难过?"

David坐在潜心的对面，四周的人早就蒙了，包括关宇拓的妻子都愣愣地站在床边一动不动，很显然这么戏剧化的惊天大逆转是所有人都没有想到的。关宇拓瞥了茉莉一眼，茉莉垂着头一副自己搞错了的表情，关宇拓淡淡地呼了口气，拉住自己妻子的手。

"你知不知道你睡了多少天?"洛潜心拿起身边的布朗尼就那样一下子扔向David，"我为你做了167个布朗尼！搬出去换辆车都够了！你一个都不吃！你就是欺负我!"

那布朗尼扔出去，David并不闪躲，任由那些巧克力砸在自己脸上，他的眉梢额角沾上了些许的蛋糕奶酪。

"你怎么不躲开啊？"洛潜心没想到David竟然不躲开，连忙上前去抬手就要擦掉David额上的奶油，不想一只手正被David牢牢钳住，David的双眼紧紧地盯着潜心的眸子，那褐色的眼眸似乎将要把她拉入星辰大海中一起坠落一般。

David钳着潜心的手，将沾染着奶油的潜心的手放在自己的嘴前，轻轻地抹在自己两片薄唇之上，再用舌舔去，一字一句地道："我错过了那么多布朗尼，那你要好好补偿我。"

潜心双唇微张，手落在David的胸前，感受着这个男人心脏上下的震动。

"洛潜心，你还记得那个雨天吗？"David道。

"我们一起经历了那么多雨天，我怎么知道你说的究竟是哪个雨天？"潜心装糊涂说着，将脸别向一边，不想David两只粗壮结实的胳膊将她的双肩拦在自己面前，他的鼻尖几乎要贴着潜心的鼻尖。

David一字一句认真道："潜心，以前是我太傻，我一直害怕，总不敢把我对你真实的想法和感觉说给你。"

"你不要说了。"潜心摇头，David的脸却贴着她的脸更近了些，皮肤挨着皮肤，没有一丁点的缝隙，他嘴中呼出的热气就那样扑在她的脸上，让她面红心跳。

"不，今天你必须听。"David坚定着，他不能再等了，不能再等了。

"David，太快了。"潜心执拗道，"太快了。"

"我们一起多少年了。"David道，"够久了，真的够久了。"

David用自己坚挺的鼻尖上下摩挲着女人的细腻光滑的脖颈，他用一种极度沙哑的声音道："我一直不敢说破，早在之前，在跨年夜那一晚之前，很早之前，我就怦然心动了。只不过，只不过我心中有不能说的秘密，我的前妻，我一直没有告诉过你我在伦敦的生活，那我现在告诉你。我喝了酒，伤害了我的前妻和她肚子里的孩子，我害怕，我害怕再去容纳一个女人睡在我的枕边，我担心自己哪天再次情绪失控就会伤害到自己的挚爱，所以我一直一直都不能戳破我对你的感受，可是你知道这种感觉是多么多么的憋屈吗？"

潜心挣脱着，David死死地将她抱在自己的怀里，David的嘴唇厮磨着女人的耳畔，他逐字逐句道："你知道吗？那天晚上萧燊来找我，他说要我替他爱你，那是我最生气的时刻，我是因为自己爱你，不是为了别人，我不在乎你的过去，我爱你的所有就是因为那些都是属于你的，我们来到云南，我数过你一共20次放声大笑，60次掩面微笑，那就是我心中想要的。我要你高兴要你幸福，要你不被那些早就成了过去的过去折磨，生活要往前。潜心，我心里清清楚楚我不可能一辈子忍着做你最好的朋友，我不可能大度到看着你和别的男人结婚还做你的伴郎，我要娶你。"

"David……"

潜心刚欲开口，David就用手指抵住她的两片若樱桃般细腻水润的嘴唇道："是你先求的婚，我现在同意了，由不得你反悔，你嫁也得嫁，不嫁也得嫁。"

洛潜心窝在男人怀中，双肩微微颤抖笑了起来，她微微向后扬了扬身体道："那算我吃亏，你没有贺礼我怎么答应你？"

David一笑，轻轻吻了吻女人的嘴角道："我养你吃一辈子的布朗尼。"

"我才不吃这套呢。"潜心道，"我会做，用不着你。"

David皱皱眉头道："嗯……巧克力豆做的兴许都比你正宗些。"

"你浑……"

潜心话还没来得及说出口，男人却突然将她揽到怀里，低下头，毫无预警地吻住她，有技巧地吮吻，覆在她腰上的手臂越收越紧。她还没来得及反应，便被他的温柔所吞没，整个人晕晕乎乎的，像是陷进一团柔软的棉花里。在他细密的亲吻中，她脸红心跳，意识模糊，只感觉得到恍若周围柔柔的海风一阵阵地吹过，夹杂着他身上温暖清新的气息，令她渐渐沦陷其中，无法自拔。

而周围发出来的喝彩声让她猛地一惊，这才想起来身边还有别人，忙要推开David，谁想David力量甚大，任由她怎么挣脱都逃不掉。

"这么多人看着呢。"潜心红着一张小脸低声道。

"管他们呢。"David说着将女人的头埋在自己的胸口，那温度仿若要将南极的冰山彻底融化一般。

"哎呀别看了别看了。"茉莉拉着关宇拓离开，一边挥着手让围观的广大人民群众散去，临走的时候不忘低声朝着埋在David怀中的潜心说道："妹妹，对不起啊，是姐姐糊涂了，你们的婚礼你要是不请我我也理解。"

"人家又和你不认识，干什么要请你啊？"关宇拓拉着妻子向外走道，"别烦人家了，咱们先走吧。"

一时间，整间病房里面只剩下他们这对"苦命鸳鸯"耳鬓厮磨。

"关医生的太太有没有打疼你？"潜心抬手摸着David的胸口低声问道。

"没有，多亏了你天天给我按摩，我这一副身板才没废了。"David笑道。

二人这样相拥着笑了一会儿，潜心问道："你当时就没考虑过你自己吗？"

David知道她说的是那日洱海中的事情，他摇摇头低头吻了吻她的鼻尖道："我现在只把它当做是老天爷的一次考验。"

潜心望着那醉人的眸子，这一男一女相拥直到天明。

这是三个月之后ＨＷ公司再一次陷入爆炸性新闻的轰炸之中，这次可比上回史上最年轻的女性人力资源部总监洛潜心辞职更具爆炸性了，不过新闻的主角却仍旧没有变，洛潜心要结婚了。

"不是吧潜心？"总裁办公室里，杜心怡手里的文件都洒落一地，电话这头她急促地说道，"你先等会儿啊。"言毕就把电话转到了另外一条线上用一种截然不同的声音道："小郑啊，你把今天下午的会议都往后推一个小时，我这儿有个更大的会要开。"

"潜心啊？"杜心怡道，"你这今年办的可都不是人事儿啊，不鸣则已一鸣惊人，要不然就是要辞职，要不然就是要结婚，我是真害怕明天下午你就给我打电话要我去给你的孩子接生呢。"

　　"这么久没见，就你这毒舌的本性还是一点没变。"潜心道，这是这些日子以来她第二次和杜心怡通电话，这一次却和上一次的心境完全不同，总算是守得云开见月明。

　　"所以你们的婚礼是准备什么时候办？"杜心怡道，"酒店什么的都准备好了吗？要不我订张下午的机票一会儿去云南帮你去？"

　　"你可别了，我一个HR不在公司也就算了，你可是亚太地区的总裁。"潜心说道，"我和David这次就准备安安静静地办一场婚礼，就在洱海边上，打算就请家人和几个亲密的朋友来就行了，所以也没什么特别需要打点的。"

　　"婚纱呢？"杜心怡的情绪变得非常激动，自己在感情受挫的那些日子里，都是潜心陪伴着自己，自己已经结婚几年了，如今终于轮到自己事业上的好伙伴，生活上的好姐妹结婚了，她自然是显现得比潜心自己更紧张激动些了。

　　"和谁打电话呢？这么长时间？"David从浴室走出来，腰间只系着一条白色的浴巾，他走到潜心身后，从背后搂住潜心。

　　"快闪开，你身上的水还没干呢。"潜心佯装嫌弃道。

"哎，你要是也湿了那正好一起再洗一次就是了。"David贼兮兮地说道，潜心走到一边道："你想得美。对了，刚刚是心怡的电话，她担心我未来的老公经济能力不行，开家咖啡店养活不了我，怕我结婚没有婚纱穿就预约了一家婚纱店的人来云南找我现场设计。"

"赚钱少怎么了？"David坐到沙发上调侃道，"我的人生目标就是当你洛潜心的家庭主夫，要是你嫌弃我赚得少，那我可就去你公司工作了。到时候把你那位总裁好闺蜜给顶替下来，你可别怪我。"

"你可别吹了。"潜心转身不怀好意地坐在男人的腿上，从桌上取了个小橘子一下子塞在David的嘴巴里道："您老都离开商场不知道几千年了，估摸着连人民币和台币之间的汇率是多少都搞不清楚了，你呀就好好地在家里研制你的新版布朗尼吧。"

"遵命！"David一口把橘子吐出来，抬手朝着潜心敬了个礼。

"乖！"潜心笑着，脸色一变把David抚上自己腰间的手拍了下去道，"甭想。"

David叹了口气，一副诡计没有得逞的样子道："你相信吗？我们要结婚了。"

潜心瞧着David乐得像个孩子，温柔一笑，柔软的身体趴在他的结实的胸口。他搂着她，粗糙的手掌抚摩着潜心的一头散发着格桑花香气的秀发。

"你知道吗？这一切，于我来说，就像做梦一样，你知道吗？太美好太美好了。"David轻声唤着潜心的名字。

"David。"潜心抬头望着他，慵懒的身体依靠着自己未来的依靠，自己未来的男人，自己未来的丈夫，自己未来孩子的父亲，低声说道："这是真的，是真的，我们要结婚了。"

第十章　别离

婚礼将在六月一号办，距离现在也没了几天的时间了。

　　只是杜心怡一下飞机就开始调侃潜心选的这个时间实在是太有意思，大包小包的东西被跟着来的随从拿在手里，杜心怡道："潜心啊，你说说六月份的好日子不要太多啊！你偏偏挑了个六月一号，你是存心跟人家国际的儿童们过不去啊。"

　　"六月份是洱海最美的时候。"潜心解释道，"那个时候的水啊是格外通透泛蓝的。你呀就是个工作女狂人，是不懂我们这些少女心的浪漫的。"

　　"得了吧你的少女心。"杜心怡瞥了一眼潜心道，"要不是我誓死力争给你保住了在公司的职位，你早就破产了，还能在这儿和那个来路不明的David过上舒坦日子，整这些浪漫的东西？结完婚生完孩子你就赶紧给我回来继续做你的女强人。"

"David怎么来路不明了？我跟他相处的年岁可不比你我相处的时间少。"潜心道，"只是我鲜少和你提起他来罢了。"

"得得得。"杜心怡指着潜心一副大失所望的样子道，"你瞧瞧你瞧瞧，这还没嫁出去呢，就开始护着你老公了。"

潜心知道杜心怡向来是刀子的嘴豆腐心肠，忙拉着心怡的手臂道："哎呀，就算我结了婚也不会忘记你这个好闺蜜的。"

"这还差不多。"杜心怡道，"怎么样，你的婚纱穿着合适吗？"

"太合适了！"潜心道，"我没有发照片给你看吗？"

"看吧，刚说你，一心一意都投在你那个老公身上了，别的啊是什么都不记得了。"杜心怡道。

"哎哟，心怡，您老就饶了我吧！"

如此这般，一双人打打闹闹，开心极了。

日子过得飞快，只再过一天便是潜心与David的婚礼了，所有的一切基本上都是交给前些日子赶到云南的心怡来操办的，整个洱海岸边也早就已经铺上了一条长长的红毯，木质的长椅，还有婚礼的装饰用花，都毫无差错地被安置在这一片蔚蓝之中。

"你说得对，六月初的洱海真的是最美的。"已然是傍晚，杜心怡隔着窗户望着远处的洱海感叹道，"潜心，你这辈子真是值了。这一定是我见过最美丽最浪漫的婚礼，没有之一。"

"我不求多，只希望一切都平平稳稳的就是了。"潜心淡淡地说着。

"衣服换好了吗？过了今晚你可就是新娘了。"杜心怡还未回头，便隔着窗户玻璃瞧见了玻璃之中站在自己身后的穿着婚纱的洛潜心。

杜心怡禁不住回头望过去。站在自己面前的哪里还是洛潜心，完全就是天使，洁白而又美丽，仿若天使下凡，在透过玻璃照射进来的月华的照耀下，洁白无瑕的婚纱将她完美的身材包裹，如白色星芒中走出的女神那般神秘淡雅却又不失迷人和美艳之风。娇俏雪白色的蕾丝镶边儿带着略微的蓬蓬裙的设计将原本甜美可爱的她映衬得更加迷人，望着她，似乎望见了曾经梦里的那片拥有她的粉色童话。

杜心怡望得出神，门外又走进来David，David还未开口说话，目光便毫无一点办法地完全落在了穿着婚纱的洛潜心身上。

David远远地看见她，一袭纯白的希腊风格的婚纱，宛如月光般柔和地包裹住她娇小的身材，让人移不开眼目。乌黑的长发披在肩上，衬托出了可爱的娃娃脸，白皙的脖子上戴了串镶嵌着格桑花图案的项链。

被这两个人用这般痴迷的眼光盯着，潜心似乎是很害羞，一双纤手紧紧握住小手包，脸微微泛红，时不时地莞尔一笑，却又埋下头去。

"David你赶紧走！"回过神来的杜心怡连忙起身推着看得出神的David，就要推他出门。

"你这是做什么？"David不解地手把着门框不愿出去，眼神却一直飞向几步外站着的那抹撩人的雪白。

"明天就是婚礼了。"杜心怡道，"你难道没听说过在婚礼之前是不能看到穿着婚纱的未婚妻吗？否则会有厄运降临的，快走快走。"

"我不信那个。"David抬手挣脱开杜心怡，三两步走到潜心的面前，拉住潜心纤细雪白的手就将她揽入自己怀中。

"你都不知道你自己有多美。"David道，眸子中似乎有闪烁的星光，而那闪烁的星光中满满的是一种野兽般的欲望。

"我恨不得现在就把你吃得骨头都不剩。"David轻声说着，这充满了情欲的言语却也显现得浪漫十分了。

"你没听心怡说吗？婚前不能看我，你快些走，免得真惹来什么厄运。"潜心担忧地皱着双眉道。

David抬手轻轻地将潜心皱起的柳眉梳平道："为了你，多大的厄运我都愿意承受。"

"我说，你们要不要开个房算了。"杜心怡在一边闷闷不乐道，"真是没见过你这么着急的新郎官。"

"罢了。"David轻轻笑了笑，松开了怀中的尤物，只开口道，"过了今天你就是我的了。"言毕带着一脸的坏笑离开，只留下洛潜心自个儿一脸害羞的娇红立在那儿。

"哎，这恋爱中的女人啊就是永远都不明白婚姻是爱情的坟墓这句话。"杜心怡走到潜心面前，替她轻轻梳理着耳边的碎发，眼眸中也温柔起来。

"不过你不一样。"杜心怡道，"希望你可以打破这个怪象，要快乐，潜心。"

"谢谢。"潜心点点头道，"我一定会快乐的，一定会的。"

夜已沉了，月亮的光也越发地强烈起来，David站在

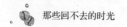

门栏外面，过了今晚他就是她的丈夫了，望着那朦胧的月亮，一丝笑意涌上他的嘴角。

忽而，只觉得一个身影从他的身后掠过。

"是谁?!"他一惊，只看清是个穿得有些破烂的孩子。

"你是谁家的孩子？这么晚了还不回家？"David轻声问道。

那孩子却是一句话都不说，只一双脏兮兮的小手将一封信塞在David手中便奔跑着离开了。

David拿起那信，瞧见那信封上熟悉的笔迹所写下的字——David收。

瞧着那熟悉的笔迹，他的心骤然紧张起来。

再打开那纸张，却只有冷冰冰的一句话：来苍山找我，若不来我便真死了。

"白沫，你到底想要做什么？"David的手收紧成了拳头，那信纸在他手中被揉捏得粉碎，手背上的青筋俱现出来。

苍山立在洱海边，峰峰相连，好似蠕动的龙脊，山半腰间云雾缥缈。David走上山腰上头的亭子，这里的海拔极高，让他有些胸闷，远远望去，只看见在那高高的崖边，皑皑的云雾之中走出来一个身影，而那熟悉的身影却实实在在瘦削了不少。

"白沫，是你吗？"他试探性地呼喊着，向前走去，云雾缭绕，他在隔着她五步远的地方停住，眼前的女人瘦得不可思议，似乎只是皮包着骨头一般，今天的她穿着一身单薄的白色长裙，而这长裙又带着水袖一般的衣袖，经这山里的风吹着，摇摇曳曳，显现得这白沫竟不像是凡人，更像是雪山中走出的冷漠雪女一般。

"你还好吗？"白沫轻声问着。

"我很好，你呢？"David话一出口，白沫就自嘲地笑了笑道："你都要结婚了，看我这样，你当真不知道我过得好与坏吗？"

"我只是——"David一时语塞，他本以为这次她约自己在这深夜一见是要报仇，可现如今她连说话的声音都是那样地微弱。而她眉宇之中所流露出来的也就只是一种看破尘世的安稳姿态了。

"是也好，不是也罢。"白沫摇摇头道，"你终究是把我忘得干干净净了。"

"我怎么会忘记你？"David上前一步道，"我对你的伤害是永远都没有办法弥补的，你和那孩子的身影我一辈子都记得，你们不知道多少次出现在我的梦里。"

听着这话，白沫发出一阵苍白无力的冷笑，这笑声

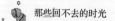

在无人烟而又冰冷的苍山回荡，甚是寒人。

"你是真的爱她是不是？"白沫的眸子顿时红了起来，她望着远处幽幽地说道，"那天我去医院看你，大夫说你已经醒了，出院了，和未婚妻赏花去了。"

"你来过？"David愣住。

"是啊，我是来过，不，David，我不是来过，我是一直就没有离开。"白沫道，"从那天榕树巷我找到你之后，我就一路跟着你们来到了丽江去到了大理，我本以为这一路我是有机会的，可是，这么些日子下来，我才发现，一直以来都是我自己在犯傻。"

"白沫，你什么意思？"David摇摇头问道，"你难道不恨我吗？你不是恨我入骨吗？"

"我是曾经想过要恨你。"白沫的声音有些哽咽，她似哭非笑道，"可是我做不到啊！"

"可是我伤害了你，我亲手葬送了我们的孩子。"

"我知道！这些我都知道！"白沫摇着头疯狂地喊道，"只是我真的，我真的做不到！David，我就是爱你，可是，我的孩子让我要恨你，我不知道自己究竟该怎么办。当时，我只能选择离婚，我也必须和你离婚，只是因为我心中深处有个声音在悄悄告诉我，即便是离婚，你的心里总归是有我的，况且你的过失多少也因为你的狂躁症，我是有余地再回到你身边的。"

听到这里，David一愣，只干巴巴地说道："我只当你是恨透了我，不愿意再见我了。"

"不愿意再见你？"白沫满目含泪道，"我只是没想到，你会走得那么干脆，就像你根本没有出现过一样，所有的电话手机我都联系不上，我在伦敦的家里等着，我想着总归有一天你会回来，回来请求我的原谅，我们在一起这么久你知道我的，我经不住你说的，你知道只要你开口要我回来我会二话不说扑进你的怀里！现在我才觉得，原来自始至终在犯贱的都是我自己！"

"白沫！你不要激动！"

"我怎么不激动？！你要结婚了啊！"白沫几近崩溃道，"我好不容易找到了你在榕树巷的居所，上一秒钟我还想着这么多年了，多大的恩怨也都不是恩怨了，我想着你若是真的明白我懂我，就知道我不会轻易放下你我之间的感情，毕竟再找一个在榕树下相遇的人已是不容易了！但是那晚我看到的是你在雨里抱着另外一个女人。"

白沫笑笑，回身更靠近悬崖的一侧，背对着David说道："我知道自己无须多问，你的眸子你的眼神里面的东西就能出卖你，你爱上她了，因为我是那么地熟悉那种目光，因为那种目光本该是属于我的。"

"所以你那天的威胁不过是……是气话吗?"David颤巍巍地问着，山里的风声更加强烈了。

"是气话啊，当然是气话啊，David你是傻瓜吗! 我是那种狠下心来报复你的女人吗?"白沫摇着头道，"我只是没有办法相信，跟着你们来到大理我气急，我真的是气急，我用针扎了那匹马，可我无心伤害你们，我只是看不惯你们之间的郎情妾意!"

"那你知不知道我们受了伤，还有之后的事情，等等，洱海里的蛇不会是你放的吧?"David问道。

"David你疯了!"白沫尖声喊着，抓起地上的一把雪就狠狠地砸在了David的身上道，"我在你眼中就是那样的龌龊吗?! 我要是真的想要伤害你们，那天我带着洛潜心去花圃的时候动手不就好了，为什么还要发短信告诉你!"白沫继续道: "你不知道，我在暗处看着你着急的目光，还有担心，我真的是觉得自己好失败好失败。和我相爱了多年的男人，居然会担心我下毒手，那一刻我是真的绝望了，我也知道，你早就沦陷了。"

"白沫!"David的双眼眯在一起，看着白沫靠近那冰冷的悬崖边缘越来越近，只觉得一阵担心。

"你在医院昏迷，她每天都照顾你，你都不知道窗户外面的我有多想你，为了能常常看着你，我想方设法就住在你旁边的病房，每天每夜都趁着洛潜心离开的空当偷偷跑到你的病房去看你，多好笑啊！多好笑啊！为了看上我爱的男人一眼，我要偷偷摸摸的！"

"你何必要偷偷摸摸？"David说道，"白沫，既然这样，你为什么不当时就和潜心挑明？"

"挑明？"白沫道，"我何尝不想挑明？可是我知道洛潜心，如若我说出来，她会立刻选择离开的，那不是我想要的。David，我不想从一个女人手中把你夺走，我要你自己做出选择。"

不知为何，几片难得的飞雪落在了David的肩头，化作雨水渗进了David的外套里头，留下一个淡淡的水印。

"你叫我来是想让我跟你走？"David问道，声音不免紧张了起来。

瞧着David这紧张的样子，白沫道："难道还要你说吗？你看看你害怕离开她的样子，我早就知道你选的一定是她罢了，只是不从你嘴里面亲口听到我是不会死心的。所以，David你不要担心，我只要你亲口和我说你不再爱我，我就彻彻底底地从你生命里消失。"

"消失？你要怎么消失？难不成是要从这山崖之下跳下去吗？"David紧张着上前两步，可他越是向前，白沫也就向后，一来二去，他便不再乱动，只求白沫不要做傻事。

"你看看，天都快亮了，你快说啊，说完了你就走，去结婚，去过最幸福的日子。"

白沫笑起来，已经逐渐变弱的月光落在她的脸上，洋溢出来的是一种冰冷的绝望。

"我不说。"David道，"你知道我还爱你。"

"可你知道的一个人不可以同时爱两个人，你只能爱她不是吗？"

"人生不可能有绝对，白沫，发生今天的一切，只能怪你我缘分太浅，或许那浪漫的榕树下的邂逅早就已经把你我这一世之间的缘分用光了吧。"David道。

"David，我今天不求别的，我只求你说一句你不再爱我，让我安心！"白沫催促道。

"让你安心去死吗？"David吼道。

"我本就是要死的人了！"白沫一把撕碎了自己的上衣，露出了白皙得吓人的肩膀，"还在乎是今天死还是以后死吗？"

"本就是要死的人了？"David问道，"白沫你是不是有什么事情没有告诉我，你是不是生病了？"

"好久了。"白沫低声说道，"已经来不及了。"

"白沫，你听我说！"David劝道，"不管是什么病，我们都可以治，我会在你身边帮助你的。"

"在我身边？帮助我？"白沫摆摆手说道，"以什么身份？以朋友的身份吗?!"

"白沫！你不要放弃啊！"David的声音被大风淹没了一半，他在逐渐变大的风中勉强站直了脚跟嘶吼道，"你的日子还长，你可以再结婚再生一个孩子。然后过上最幸福的日子。"

"孩子？"白沫无力地坐在了地上目光恍若痴人一般道，"我已不会再有孩子了。"

"什么?!"David一惊，随即反应过来道，"难不成是因为我？"

白沫叹了一口气道："是不是因为你也无所谓了，失去那个孩子之后，我就患了子宫内感染，而且再也不能生育了，现在已经不是感染那么简单，而是必死的绝症了。"

"白沫……你……你为什么不告诉啊！你早些告诉我，我就不会走了。"David的大脑已然如受了当头一棒般发闷。

"没用的，一直都没用的。"白沫啜泣道，"我追逐了半辈子，到头来还是晚了一步，是我自己命中没有，不

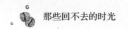

怨你，都是我的错。"

　　白沫这般说着，站起身子向着那悬崖一步步走去，道："David，看来你是让我走都不让我走得安心走得彻底了，我只求你一句你不再爱我，我便无牵无挂死得痛快。"

　　David看着白沫裙子之下赤着的脚已然冻得红肿，他道："你知道我说不出来的，你知道我是爱你的。"

　　"罢了，那我就带着这恨走了吧。"

　　"白沫！"David扑上去将那女人死死地按在自己身下，女人却已是失去了知觉的样子浑身颤抖。

　　"白沫！白沫你醒醒！白沫你醒醒！"David脱下自己的外套披在了白沫的身上，他呼喊着女人的名字，回应他的却只是女人冰凉的颤抖的身体。

　　"白沫！"男人的嘶吼声回荡在苍山之中，太阳逐渐跳出海平线，一点点的阳光照射出来，让整个天空变得血红，就像那日浴缸里的猩红一样。

　　"David……David……"昏迷中的白沫呼喊着男人的名字，微弱的呼吸扑打在David的手背。

　　"我在这儿，白沫，我在这儿。"David抱住白沫，女人的身体微微回暖。

　　"David……求求你，留在我身边，留在我身边，我想回英国，回到我们家里……和你……还有孩子……"
白沫已然失去了意识，只是重复着低语着。

"带我回家，David，带我回家……"

David远远地望着那逐渐跳出来的太阳，沉默了片刻
道："好，白沫，我带你回家，咱们回家。"

"回家……"白沫冻得发紫的嘴唇颤抖着，她瘦小的
身体整个缩在David的怀中，David抱着白沫向山下一步
步走去。

洱海边响起了动人的交响曲乐声，婚礼进行序曲的
响声回荡在整片蓝得虚幻的洱海上空。

绷一声，大提琴的琴弦断裂，整个圣坛中央只站着
穿着婚纱的洛潜心一人。

四下的宾客面面相觑，杜心怡则在一边满口大骂着
讲着电话："什么叫联系不上？今天是他David结婚的日
子，天大的事儿也比不过这个大了吧？他怎么就联系不
上了啊?!"

圣坛之上的洛潜心摇摇头，望着洱海，不知为什
么，她的心格外平静。

不过又是一次没有结果的等待罢了。

没有预兆，这一次甚至没有约定，他就那样消失

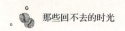

了，无影无踪。

"潜心要不你先回酒店休息，兴许他是有什么着急的事情。"杜心怡在一边儿劝道。

"着急的事情？"洛潜心摇摇头望着深邃的洱海道，"心怡，你知道吗，现在我好想跳进这洱海里面，让那毒蛇再狠狠地咬我一口，把我从这荒唐的梦境里咬醒。"

"潜心，你说什么胡话呢。"杜心怡道。

"心怡你送各位客人离开吧，我们收拾收拾明天回公司，我听说最近有家TVC做得很出彩的小公司有要上市的意思，我们要是拿下来收购它，然后助力它上市，对公司将来的发展也是好的。"

杜心怡一愣，即刻明白了潜心的意思，这一次她将重新和她的工作生活在一起，因为只有工作不会背叛她，或者不留一点讯息地偷偷跑掉。

"潜心，不管怎么样，这件事情你不要想不开。"杜心怡道，"我早就看出来那个叫David的不是什么好东西了，那种男人不值得你托付终身。"

"你放心吧心怡，我已萎靡不振过了一个痛苦的十年了，这一次我不会等的。"潜心笑笑，这笑容没有灵魂，冰冷至极。

秋天向来是来得更出其不意些的。

今年的上海微冷，武康路照旧是不扫落叶的。

枯黄的杨树叶和鲜艳的枫叶飘落下来，将整条长路掩盖成了一片血红。

一男一女远远地走过来，男人穿着件医院的褂子，而女人则是一身的漆黑。这一黑一白的倒是夺目。

男人避开地上的落叶，女人却是刻意去踩那些叶子，发出咔嚓咔嚓的清脆响声。

"三年了，你倒是和以前大不相同啊。"男人说道。

"我横竖也就是这样了。"潜心笑道，"哪里像你关医生，这才三年多的时间就已经到上海来工作了。"

"你这也会打官腔了，我倒是很不适应。"关宇拓说道，"你现在还好吧，自从那年的事情——"

"哦，我很好。"还未等关宇拓说完，潜心就打断道，"过去了那么久的事情我又何必要去记得呢，一切就顺其自然就好了，这些还都是你教给我的呢。"

"是啊，一切顺其自然就好了。"关宇拓停下脚步道，"咱们也是朋友一场，看着你现在过得这么好，我也就放心了。"

"是啊，不过咱们俩还是少见面吧。"潜心调侃道，"免得你们家那位再过来吃了我。"

"你瞧瞧你，刚刚自个儿说过去的事情就不提了。"关宇拓指着潜心道，"这么件尴尬的事情你还拿出来说。"

二人这样一路说笑了会儿，便走到了关宇拓就职的医院门前。

"要不要赏脸到我办公室一坐？"关宇拓摆出一个邀请的手势。

"关医生，我总觉得邀请人家到医院这种事情呢，你还是不要多做为好。"潜心说道。

"成，那我先进去了，以后你要有什么事儿来找我就成。"关宇拓道。

"我看着啊很快就有要你帮忙的了。"潜心眨了眨眼道，"杜心怡怀孕了，想着有个熟人照顾着的医院能更放心些，赶明儿估摸着她就要联系你了。"

"那没问题。"关宇拓道。

正说着一个小护士从医院里头跑出来站在关宇拓身边道："关医生，12 号病房的病号已经拖欠各种费用将近一周了，院长说你再去看一下，看看能不能联系到他的家人。"

"你说的是那个萧燊?"关宇拓确认道。

"萧燊?"听到这个名字，潜心心头一颤，心中暗想，兴许只是个巧合，但终究是放不下心，只能问道，"关医生，这个萧燊是哪位? 你看方不方便我去看看他。"

"怎么? 你认识他?"关宇拓道。

"我不知道，若真是他，我应该去看看的。"潜心回答道。

这二人便一起往那 12 号病房走过去。

隔着病房冰凉的窗户，潜心望着那床上浑身插着管子的男人，虽然他的白色胡子已经遮住了他半张脸，但是潜心一眼就认出了萧燊。

"他患了什么病?"潜心担心地问道。

"是脑瘤。"关宇拓道，"来医院的时候已经是偏晚期了，大概还有一年的生命，只是在医院疗养着或许能延

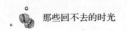
长六个月也说不定。"

"那他家里人呢？我刚刚听你说联系不到他家里人?"潜心问道，"我认识这个人，他该是有个妻子的。"

"他离过婚，现在是联系不上任何人。"关宇拓道，"他进医院的时候是被人发现倒在马路上的，自个儿的银行卡里有点积蓄都砸在这几天的治疗里了，已经拖欠了一个周，院长正想要他出院呢。"

"这样，他欠多少我补上，以后的事也找我就行。"潜心话音刚落就看那关宇拓开口要问的样子，便摆摆手示意关宇拓不要多问。

"你素来是个有数的，有事联系我。"关宇拓点点头，示意护士和自己一起离开。

"没想到这么些年了，你竟越发潦倒了。"洛潜心低头叹了一口气，神色有些恍惚，眸中流露出一丝丝的悲伤，但却转瞬即逝，她望了一眼病房中的他转身离开。

就这般，洛潜心的每月固定支出里又多了一项医疗费用，只是每每都是她询问关宇拓关于萧燊的病情，自己并不前往医院去看。

潜心心里知道，自己只是不想回忆起些烦心伤神的事情罢了。

"你们那位现在是倔得和头驴子一样了。"病房外关宇拓说道，"他一直在问是谁在为他垫钱，我们不告诉他，他就拒绝治疗，坚持要出院。不管你跟他是什么关系，我看着你还是去看看他吧。"

"他这个倔脾气是越发地犟了。"潜心道，"成，那我就去看看他。"

病房的门推开，潜心看着他正睡着，便小心翼翼地将一边的午餐小米粥从保温盒里面倒到碗里头。

"我猜着就是你。"他的声音忽然从身后响了起来，潜心倒是没什么变化，很是淡然地先把粥弄好，随即转身望着这男人。

"好久不见。"萧燊道。

"是挺久了。"潜心望了一眼输液袋问道，"你出了这种事情也不找我。"

萧燊的声音有些沙哑，鼻子上戴着的呼吸管道在帮助他因为血管堵塞而不通畅的呼吸。

"你少说些话吧，眼瞅着才不过三十岁出头的人，就落下这么多毛病。"潜心心平气和地说道。

"你哭了是不是?"萧燊望着潜心略微有些泛红的眼眶缓缓问道，不知为何他的嘴角竟然有了些许笑意。

"你啊。"洛潜心瞅了他一眼，继而摇摇头道，"如若没有什么事情，我先走了，你见我也见了，就安下心来

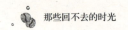

好好地治病吧。"

"那个 David 是不是走了?"萧燊忽而问道。

"你说谁?"洛潜心装作若无其人的样子道。

"那个咖啡店的老板。"萧燊瞧着潜心那般失神的样子,立即就明白了些什么,他对她的每一个神态、每一个表情、每一个动作都熟悉。望着洛潜心睫毛的微微颤动,他的面色也渐渐缓和了下来。

潜心背对着,沉默了好一会儿,才铆足了劲儿似的回道:"是走了,三年前的事情了,你若是不提,我都快忘了。"

"对着我你也竟然说这些个假话。"萧燊慢悠悠地讲道,"现如今我是要死的人了,到底也是不在乎什么了,有什么我便讲什么。你的性子我知道,哪里是个能放得下的人?我和你十多年了,现如今你瞧着我不大好,不也是难过吗?潜心,你是太善良了,就是因为太善良。才太容易被人伤害。"

"你病得是越发爱说胡话了。"潜心掩饰道,"再说了,放不放下于我也没有什么意义,现如今我过得好就好,那些事情不过就是些过去式罢了。"

"是啊,你过得好就好。"萧燊似乎很是感叹地说道,"我当真是傻,当时我看着他的眼睛,那里面有团火，你知道吗，我特别熟悉那种眼神，因为十多年前它也在我的眼睛里燃烧过，我看着他只觉得他真的能替代我。"

"萧燊！没有谁是替代谁的。"潜心忽而有些气急回头望着萧燊，但瞧着萧燊病恹恹的虚弱样子，他的胳膊都瘦弱得形同一根枯槁的树枝了，那心头的火气也骤然地消散了大半，她道："你们从头至尾就都是不一样的。"

见潜心这样子，萧燊倒是很淡然，只是懒洋洋地说道："你看看你，着什么急啊，自个儿说放下了，这却处处做这些没放下的事情。"

"算了，我不与你多说了。"潜心言毕就又要离开。

"对不起。"

他的道歉让她驻足。

"对不起什么？"她背对着他问道。

"十三年前的事情，榕树下的约定。"萧燊道。

"你既没去美国，又有什么错？"潜心道，"萧燊，或许错的不在我们，只是时间罢了。"

"是啊，到最后你我都输给了时间，我是该告诉你的。我本以为，你知道吗，我本以为最多几个月，兴许半年你就能把我忘得干干净净了，可是显然不是这样的。"萧燊的目光变得有些沉闷，似乎眼前闪过的是那榕

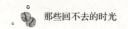

树巷下哭泣着颤抖的身影。

"你如何就能看出我忘或者没忘？"潜心冷哼道。

"因为我没忘。"萧燊淡淡地回应道，"可惜咱们败给了时间啊，老朋友。"

潜心心情一瞬间变得复杂得如同纠缠在一起的丝线，却无言再说什么，开门离开了。但不知道为什么走出那扇门之后，心中竟有些解脱，只是一场短短的简单对话，但似乎她的心已经得到了答案。

一句我们败给了时间，一句老朋友，让一切干戈化为乌有。

"怎么样？都谈妥了吗？"守在门外的关宇拓问道。

"我以后周三过来看看他，那天的当值护士你们就取消吧。"潜心朝着关宇拓笑笑，离开了医院。

于是三年里公司和家的两点一线被中间多出来的医院打乱。

"你还记得我们在一起的那个晚上吗？"萧燊忽而开口问道。

"你累了，别说话了。"洛潜心用干净的毛巾轻轻地擦去他额角的汗珠，萧燊的病情越发恶化了，呼吸更加依赖呼吸器，每一口气息的呼出与进入似乎都要耗费往日十倍的压力。

"你要时刻保持他清醒。"办公室里关宇拓的神情有些无奈道,"他的病情已经到了只能维持延续生命的阶段了。"

"真的已经没有治愈的可能了吗?"洛潜心急问,"没有了吗?"

关宇拓摇摇头道:"对不起,潜心,我尽力了,真的尽力了。"

"我该给他准备晚饭了。"洛潜心的灵魂恍若离开了自己的身体,她慢慢行走在医院冰冷的走廊里,隔着凉凉的玻璃窗户,那个曾经伤害了自己也伤害了他本人的男人,现如今就那样躺在白得可怕的病床里头,秋天的落叶倒是也要落光了,只剩下外头树上的几片还摇摇欲坠。

"我现在的日子就是盯着这些叶子。"萧燊道,"你知道常春藤树叶的故事吗?"

洛潜心随着他的声音望着外头树枝上的叶子,已然摇摇欲坠。

"潜心,你说如果这片叶子不掉,我是不是也能继续活下去呢?"萧燊问得很认真很认真。

"放心吧,你命硬。"她到底是不能流露出一点点的伤感,只是硬着心道,"全上海的树叶都落光了你也死不了。"

"是吗？"萧燊思索着什么，忽而转向洛潜心笑道，"说得也是，好人不长命，坏人活千年嘛，我这么坏该是要活得长久一些。"

"看来你这脑子还清醒，还知道自己不是什么好人。"洛潜心嘴上说着，但脸上的笑容却是那样的僵硬。

秋天要过去了，而他也就越发地茫然了。

有时候，潜心来照顾他，他只是一句话都不说地望着窗户外面，萧瑟的冷风吹过那些干净的树枝，上头一片叶子也不见。

"你还记得我们在一起的那个晚上吗？"萧燊继续问道，他的嘴角向上勾起一个微笑，那个微笑好温暖，潜心望着恍若病床上的他又回到了高三的那些岁月。

"萧燊！你站住！"那也是个冷冷的秋天，洛潜心拦在萧燊面前，萧燊向左一步她便也向左一步，萧燊向右一步，她又向右堵住他的去路。

"不是，你有完没完。"萧燊道，"洛同学，我郑重地告诉你，我高三这年并不想谈恋爱。"

"你喜欢男人？"洛潜心问道。

萧燊摇头。

"你有喜欢的人了？"洛潜心继续问道。

萧燊继续摇头。

"这不就得了？"洛潜心道，"你看啊，萧燊我跟你算一笔账，你没有女朋友，我也没有男朋友，正好咱们俩在一起，多好啊。"

眼前这个女人的逻辑也实在是让自己醉了，萧燊不耐烦地说道："第一，洛潜心你的推理课是体育老师教的吧；第二，我再说一遍，我真的不想交女朋友。"

"那好，既然这样，也行不通，你得答应我一个条件。"洛潜心的那双圆圆的眼睛滴里骨碌地转了转，道。

"好，只要你不要再缠着我，我就答应你。"萧燊应付道。

"你可以不喜欢我，但是你也绝对不可以喜欢上其他人！"洛潜心踮着脚尖，一只小指头用力地戳在萧燊的肩膀上。

"你——"

"那个姓洛的在那里！"这边萧燊还没开口，远远地就看见地区有名的几个其他学校不务正业的"扛把子"们簇拥着向洛潜心和萧燊这边跑过来。

"萧燊快跑！"洛潜心眼中闪过一抹惊慌，萧燊一愣，这女人向来是天不怕地不怕的，这是怎么了，却也来不及问，便被洛潜心硬生生地拉着跑进巷子里头。

"糟了是死胡同！"潜心惊道，不由分说推着萧燊就把他塞进了旁边的一个废弃的柜子里面。

"你做什么?!"萧燊问道。

"不管看到什么都不要出来，答应我。"洛潜心低声说道。

"不——"

"那刚刚的条件不作数，不要出来，这就是我的条件。"洛潜心说完便站直了身子。

"潜心啊潜心，你跑什么啊?"那堆不学无术的混混们簇拥着上前，把洛潜心逼在角落里。

"把你的手拿开。"洛潜心皱着眉头，一脸厌恶的表情，只一下子就把那领头的混混钳着自己下巴的手打落。

"臭娘们儿！我看你是敬酒不吃吃罚酒！"头头边上的胖子恶狠狠地说着巴掌就要落上去，却被那头头抬手拦住。

那头头语气极其诡异道："潜心，你说，你不答应我，是不是就是因为那个什么萧燊是吧?"

"萧燊? 关他什么事儿?"洛潜心眉毛上扬道，"我不喜欢你就是不喜欢你，你快滚，别在这里烦我！"

"我看你是活腻歪了。"那胖子吼道，"刚刚和你一起跑的不就是那什么萧燊吗？快说他在哪儿！"

"我不知道你在说什么。"洛潜心道，"你们看错了人。"

"哦？是吗？"头头笑笑，一把刀子从他袖间掏了出来，那锋利的刀刃在距离潜心几厘米远的肌肤边晃动。

"你让他出来，我教训他一顿，让你看清楚了你男朋友就是个懦夫。"头头道，"然后你就乖乖和我一起。"

"我说了他不是我男朋友，你们别伤及无辜好不好。"洛潜心继续道着，而柜子中的萧燊额角上却已经满满全是汗滴。

"那什么萧燊！"头头喊道，"我知道你就在这儿附近，给你五秒钟的时间，你要是不出来我就把洛潜心的这张脸永久地留下个记号！"

那冰凉的刀刃在那雪白的肌肤边上晃动。

"我说了！萧燊不是我男朋友！"洛潜心嘶吼道。

"我是她男朋友！"只听见咣的一声巨响，那柜子的门被踢开，萧燊站在柜子前道。

"萧燊！"洛潜心忙一把抱住那头头道，"萧燊你快跑啊！你快跑啊！"

萧燊却不为所动，洛潜心则被胖子一把推倒在地，那混混头子饶有兴趣地走上前，绕着萧燊打量道："你刚刚说什么，我没听清楚。"

"我说，我，萧燊，是洛潜心的男朋友。"他一字一句，目光紧紧地望着倒在地上的洛潜心。

那夜之后，他们俩带着伤回到学校，青一块紫一块，而那之后，萧燊就是洛潜心的男朋友了。

"是啊，那么惊心动魄的事情我怎么会忘了呢?"潜心帮萧燊盖好被子轻声说道，"那是我认识你这么久，你最爷们的一次。"

"我也觉得。"萧燊苦笑道，"我当时也是硬着头皮出来的，只不过是想不了那么多，总归不想你受伤罢了，可是现如今——"

"萧燊。"潜心低头望着病床上的他，浅浅一笑，摇摇头道，"我们说好的，都过去了。"

萧燊一愣，继而释然笑道："是啊，都过去了呢。"

秋天渐渐到了尾端，天气变得干冷起来，上海这座城也变得越发地萧条。

"我已经是要死的人了，潜心。"病床上萧燊望着窗外冬天的第一场雪，幽幽地说道。

"我知道。"一旁的潜心一边扫着地一边道，"我倒是希望你多活些时候，也好报答我这给你扫了几个月的病房的恩。"

"能死在你眼前我已经很高兴了。"萧燊改口道，"不，是特别高兴。"

"能让你这样说，我是不是应该感到无比的荣幸啊？"潜心笑笑，二人的恩恩怨怨似乎真的在时间和生命面前微不足道了。这些日子，萧燊时不时讲起二人以前恋爱时候的事情，潜心却也听得自然。

面对现在的萧燊，那些种种，真的放下了，也就真的微不足道了。

"你还记得你以前为了讨好我给我做的蛋糕吗？"萧燊忽而问道，"就是你引起全校食物中毒那次。"

"你只提蛋糕我就想起来了，何必要把那些尴尬的事情也连带着说出来。"潜心说道。

"想想就跟在昨天一样。"萧燊和潜心对望。

潜心会心一笑道："的确是和昨天一样，只是要是昨天知道你今天是这副样子，我就让你多吃些了。"

"还有人能说说话，真好，你说是不是？"萧燊问道。

"是啊。"潜心同意道。

"哎，我想了想，自己的遗愿也差不多都完成了。"萧燊道，"现在啊就等着死了。"

　　"你别净说这些个不吉利的话。"潜心责怪道，"对了，你还记得咱们俩好的那会儿，你说过吗，等老了要和我一起去环游世界。"

　　"是啊，还有这个来着。"萧燊苦笑着轻轻拍了拍自己的脑门说道，"我这样子环游环游上海都不容易了。"

　　听着萧燊言语中的凄冷，潜心不再搭话，两个人沉默了好一会儿，萧燊忽而道："潜心，我想吃你做的那蛋糕了。"

　　"什么？"潜心没反应过来，确认道，"我做的蛋糕？"

　　"是啊。"萧燊道，"你再做一次好不好？"

　　潜心望着萧燊那已经没了什么生气的双眸中鲜少泛起的激动道："成，那你好好待着，我去下面借人家糕点房的厨房一用。"

　　潜心言毕就要出门，不想刚要开门，一只手便被萧燊拉住。

　　潜心一愣，回身望着萧燊，萧燊嘴角含笑道："谢谢你，潜心。"

　　潜心刚欲离开，那声音又叫住了她。

　　"怎么了？"潜心问道。

　　"你还记得我有一个长远的愿望吗？"萧燊的声音有些绷紧。

"这么多年了，我怎么会忘记？"她道。

"那时候，我希望，你好好的，我也好好的。"他说着，笑了。

潜心眉宇舒展开来，轻轻笑着点点头道："你好好的，我也好好的。"言毕她便推开了萧燊的手，离开了病房。

萧燊笑着望着雪白的天花板，最后一刻，他却还是不敢说出实话。那个时候，他推着自行车，听着身边的妙龄女孩问自己问题，那个长远的愿望就是希望能够和你一起走下去啊。萧燊的眼角滑出浑浊的泪滴，一只枯槁却丝毫不颤抖的手滑向自己鼻尖的呼吸器。

"潜心，对不起，我爱你。"

眼泪从他的眼眶滑落，他一把拔下呼吸器，盯着天花板上的一抹白色。

眸子中的那片雪白越发地迷乱了，恍恍惚惚，他似乎回到了那个暖洋洋的夏天，蝉鸣四起，好不惬意，榕树下，少女焦急地等着，他跑上前来抱住那弥散着梦幻与虚无气息的女子坚定地说道："我不走了，我陪着你，永远陪着你。"

"我不走了，我陪着你，永远陪着你。"低语声被呼吸器的警告声掩盖，一双枯槁的手臂滑落床边，无力

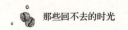

下垂。

潜心推门的刹那，面上的笑容立刻消失散尽，她跪倒在门前，蛋糕撒落在病房的门口，蛋糕不是他想要的，他想要的只是结束自己苦不堪言的一生罢了。

"快！尝试复苏！"关宇拓和四五个护士冲进病房，齐齐地围着那床上早已冷若寒冰的躯体，透过那些人影的间隙，潜心的双眼无力地望着床上那个那样轻而易举离开一切的人。

"萧燊……你就是浑蛋。"洛潜心力不从心，只觉得身体整个在向地板下方凹陷，一瞬间，四周恍若一片寂静，没有一丁点的声响，只有坐在地板上的她和那弃她而去的人。到头来也还是这般结局，只是这次的再见已然不会再有十年后的邂逅了。

这一别，就是永别。

"你奔波忙碌，受苦受累了这么些年，总归是想找一个安静些的地方吧。"女人坐在墓碑前，这里是上海最静谧的墓区，三两鸟叫声，除却树叶沙沙的响声，也就没了其他。

她坐在墓碑前，望着墓碑上的照片，他的笑容，依旧灿烂，仿佛从未离开。

杜心怡站在百米外的树林后头，默默地远望着洛潜心，已经一上午了，她就是坐在那冷冰冰的石头上不愿离开。

　　"你还爱着他吗？"当萧燊的尸体从病房移走，杜心怡站在眼中满是泪水的洛潜心身边，低声问道。

　　"不爱。"潜心坚定地摇摇头道，"早就不爱了。"

　　"那你为——为什么这样伤心？"杜心怡继续问道。

　　"你知道吗？"潜心痛苦地闭上双眼，睁开，泪如雨下道，"萧燊曾经和我说过，到头来我们都输给了时间。此时此刻，我所哭泣的不是他萧燊，而是我们的时间——那些我们一起的岁月。"

　　杜心怡不知道上天为什么要这样折磨这个女人，给了她两个深爱着她的男人，却在幸福到达巅峰的时候让火山爆发，让地球震动，让一切的美好全部丧尽消失，莫名离开的莫名离开，选择死亡的选择死亡。到头来，还是只有她一个单薄的背影站在这片凉凉的泥土中央。

　　无依无靠。

　　墓区的喇叭渐渐响起了一阵轻轻的旋律——是西班牙的探戈舞曲 *Por Una Cabeza*。

　　音乐响起，洛潜心长长地呼出一口气，抬头望向蔚蓝色的天空，掩去眼泪，弯着那双红红的眼睛笑道："萧燊，你听，这里还放着你最喜欢的音乐，你这天杀的，可还记得尚且欠我一支舞?"

情绪愈加浓烈的音符将洛潜心带回了十余年前的那个盛夏。

"萧燊!"大大咧咧的洛潜心站在校门口等着下课的萧燊，只刚见着他走出校门就要扑过去，不想萧燊一个淡定的躲避，成功躲开了洛潜心的前扑。洛潜心哪里知道自家男人还有厉害的躲避本领，重心向前，就要倒下去，只是说时迟那时快，萧燊眼睛一点不向边上瞧，只是迅猛地抬起右手拉住了洛潜心的胳膊，然后猛地向自己的这个方向拽过来，欲倒地的洛潜心又猛地在即将自由落体，脸部着地的那千分之一秒的时刻，回到了萧燊的身边，笔直站好，相当稳当。

"刚才发生了什么?"没有缓过神的洛潜心僵硬地移动了一下自己的脖子，望了一眼身边的萧燊。萧燊淡淡地回了她一眼没有说话。

"萧燊，你要整死我啊。"缓过来的洛潜心抱怨道，"我差点脸着地，毁容了你知道吗?"

"你的脸落在地上正好算是整容了。"萧燊一本正经地说道。

"你——"洛潜心刚欲发作，萧燊就微微抬了抬下颌，潜心望过去，只看见不远处站着的自家班主任。

"要是你那样扑在我怀里了，指不定就要被弄到办公室里重新接受一下相关教育了。"

洛潜心憋着这股子劲儿，等着走远了些便一把拉住萧燊道："萧燊，咱们得赶紧练练了。"

"练？练什么啊？"被洛潜心这样疑问，萧燊有些发愣，停下脚步道。

"哎呀，别在这装糊涂啦，咱们俩的默契度那么差怎么能达到满意的效果，到时候只能我不满意你也不满意。我总结了一下，你跟我最大的问题就是出在不合拍上。"

"不合拍？"萧燊作为一个血气方刚的青年，首先想到的就是那档子事，脸一红道，"洛潜心，你这振振有词的也太——"

"哎呀，别也太也太的了，也太什么啊。"洛潜心一脸的埋怨样说道，"我看主要问题就是出在你那里。"

"出在我这里？"萧燊更是愣住了，脸烧得通红只说道，"这种事情怎么可能就只是我的问题？"

"怎么不是你的问题？"洛潜心继续说道，"你啊你就是不出力，你看看，哪次不是一点儿汗不出？你瞧瞧赵

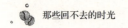

亮，那满头大汗啊。"

"赵亮？"萧燊一把抓住洛潜心的肩膀问道，"你还和赵亮——等等。"萧燊忽而缓过神来说道，"你说的是跳舞？"

洛潜心用力地上下点点头，吐了吐舌头说道："是啊，你以为呢？"

这一问萧燊没有回答，两个人僵持地对视了一会儿，洛潜心似乎也明白了什么，连忙一手打开了萧燊的胳膊，转脸到一边儿说道："萧燊你知不知羞的？！"

"谁让你不好好说明白的？"萧燊道，"你说得振振有词而且情绪激烈的，正常雄性生物应该都会想歪的吧？"

"别说这个了。"洛潜心绯红色的脸烧得像个红色的石榴，她开口道，"我是说期末舞会的事情，我作为学校的风云人物，你可一定不要给我拖后腿啊。"

"放心吧，我的女王大人。"萧燊漫不经心地回答道，"我保证让你成为咱们学校那百年不变的舞会上的耀眼之星。"

后来，提起期末舞会，大家的回答都是："洛潜心？她？她不是没出现吗？"

那场奠定校园风云"一姐"地位的舞会上，洛潜心华丽丽地站在了阴暗的角落里头，一脸的不服气。

她的身边坐着自己的舞伴萧燊，不过他的腿上打了石膏。

"你说说你。"看着那些男男女女在草坪上摇摆，潜心更是来得些气道，坐下来一口就是半瓶可乐，道，"早不摔坏腿，晚不摔坏腿，偏偏要舞会了，你就伤着腿了，哪怕你晚两天再摔不是？"

"洛潜心，你还是不是我女朋友啊？"萧燊一脸无语的表情道，"这哪里有怪自己男朋友腿摔断得不是时候的啊？"

"哎呀。"洛潜心叹了口气，自顾自地大吃特吃起来。

萧燊轻轻瞥了一眼生着闷气的洛潜心，用胳膊肘碰了碰她的胳膊肘，洛潜心闷哼一声，不搭理他。

"给。"萧燊从书包里取出了一个大大的石榴，沿着桌子推向了洛潜心。

"哎？石榴？你从哪里弄来的？"洛潜心惊喜道，毕竟石榴是那个时候的洛潜心的"年度水果"。

"前两天听你说想吃石榴，这节气又没到，不是很容易买到，即便买到都是些没有熟透的，我想着我家隔壁钟离奶奶家结的石榴成熟得更早一点，就求着她，上去给你摘了几个回来。"

"啊……"洛潜心问道，"萧燊，你的腿该不会就是这么‘咔嚓’了的吧?”潜心说“咔嚓”的时候还相当生动形象地运用了自己丰富的肢体语言。

“是啊，就是‘咔嚓’一下!”萧燊也没好气儿地模仿着洛潜心的样子回答道。

“啊……对不起啊萧燊。”洛潜心立马小鸟依人一般地靠上去说道，“是我错怪你了。”

“洛潜心啊，你的优点和缺点实在是都太明显了。”萧燊无奈而又一副认命的口气感慨道，“这缺点呢，就是你不问青红皂白就去分辨是非，这优点呢就是认错速度很快，是一根不错的墙头草。”

这洛潜心开始听着还很高兴，这说到墙头草，那双红彤彤的小嘴儿就又噘起来了，道:“虽然这样，但是你还是欠我一支舞。”

“放心吧。”萧燊说道，“我现在满脑子都是你要我听的那首*Por Una Cabeza*，我啊就好好练，改天啊咱们找个地儿我补给你一支舞不就行了?”

“那，一言为定!”潜心抬起小手指说道。

“好，一言为定!”他的手指靠在她的手指上头，她曾经天真地以为那一靠就是永恒。

“你听见了吗?”潜心轻轻地站起身来，正对着冰凉的墓碑，她缓缓抬起右臂，左手仿佛揽在一个男人的腰间，一条腿沿着周身的半径滑动了出去。

"你欠我的，我都要你还了。"

夕阳西下，那掩映的光晕之中，潜心一个人在墓区中翩翩起舞，恍惚间，杜心怡只觉得有那么一两个姿势，她所看到的似乎真的是萧燊在揽着潜心的身体，慢慢起舞呢。

"心怡，陪我去个地方。"车上，潜心道。

"好。"杜心怡点点头，她似乎在潜心的眼睛里看到了某种决定，而这些决定都和往日里的那些冰冷冷的工作文件没有一丝一毫的关系。

车停在榕树巷的尽头，榕树似乎依旧蓬勃。

"你看这巷子。"洛潜心一眼望过去，这朦胧的小巷已是没有什么人来往了。

"这就是这些年来，你自己工作之余修身养性的地方？"杜心怡说道，"你也不告诉我，看着倒是个能让人心神静下来的好地方。"

"现在不是了。"潜心暗自说着。

两个人并排着走在榕树巷里，一切就像几年前一样没有变化，她的脚步停在了榕树巷37号前。

她站在前面，店面一瞧就知道是很久没有营业开门的样子，但是她站在这间熟悉的店面门前，在做一个重大的决定。

一把钥匙被熟悉地插进了钥匙孔里，门只刚刚一开就全是灰尘。看来是好久没有人住了。

他走得真是彻底，连回来看一眼都没有。

潜心瞧着满是灰尘的吧台用手抹过去，只觉得像是触了电一般。

"人死不能复生，走了的人也是他们自己的选择，潜心你看开些。"杜心怡摸着潜心的肩膀，轻声安慰着说道。

"我没事，你放心。"潜心倒是没有流泪，只是四周环望着这熟悉到陌生的地方，百感交集，恍若之前的日子都是一场虚无缥缈的梦境一般无可奈何而又虚假不真。

"潜心，无论发生什么，我都永远在你身后支持你，男人们或许靠不住，但是我是永远不会离开的。"杜心怡道。

"心怡，答应我。"潜心拉住杜心怡的手道，"心怡，你算是我唯一的朋友了，我求求你，一定要过得快乐。要一直快乐。"

杜心怡反手握紧了搭在自己手上的潜心的一双手，眸子里已经泛起了涟漪一般的泪花。

"我会的，你也是。"杜心怡轻声说道，"潜心，有些时候是老天的不公，但是即便遇到什么样的挫折痛苦，我都会在你身边帮助你的。"

杜心怡望着眼前这个女人，她坚韧的面孔之下是有一颗怎样千疮百孔的心啊。

两个人坐在这萧条之地，一言不发，沉默了好些时间，只觉得时间都停止了下来。

潜心起身走到后厨的位置，她擦干净了板子上的灰尘，从密封的袋子里面取出了些面粉，往昔如同就在昨天。

"给，你拿着这把钥匙。"David正揉着面，见潜心进了店里就顺手将钥匙抛给了她，连带着的面粉飞落在潜心的发髻之上。

"怎么？难不成是厂子倒了老板跑了？"潜心调侃着，坐在吧台，顺手把David喝了几口的拿铁拿到手中，相当自然地喝了下去。

"你放心，有你这个铁打的顾客一天啊，我这榕树巷37号就是绝对不会关门的。"David笑着把做好的布朗尼推在潜心面前道，"早就给你准备好了。"

"对了，说起来给我钥匙干什么？"潜心问道。

"哦，我怕有什么着急事儿的时候，我脱不开身回不来，到时候你能来帮忙看看巧克力豆，至少保证它不会饿死。"

"你一个糕点师咖啡师忙什么啊？"洛潜心毫不客气地挖苦他，却也是嘴角含着些笑意。

于是，就这样，吵吵闹闹着，又是一个舒服的午后。

杜心怡摸着自己腹中的孩子，一边望着落寞的潜心，她承受得太多，实在太多。难道上天戏弄她这十几年的岁月，遇到又分开，重聚又离别，生死，喜悲，到头来都是一场空。

正思索着，店面墙壁上悬挂着的钟到了整点，响了起来。

"心怡，对不起，或许我不能陪你等到宝宝出生了。"潜心忽而说道。

"为什么？"杜心怡疑惑地问道，"你可是我孩子的干妈！"

潜心缓缓地呼出一口气道："我知道，只不过我曾经答应他要和他一起去环游世界的。"

杜心怡微微一愣，随即露出了温柔的笑容，轻轻点点头说道："我懂，你去吧，公司那边我给你应付。"

"干脆辞掉吧。"潜心笑笑，望着杜心怡。

杜心怡回望着潜心，忽而也笑了道："好，辞掉。"

第十二章 命运

2025年，11月，伦敦，微冷。

穿着一身格桑花图案的中国女子走在鸽子广场的老路上，她嘴角洋溢着最美的微笑，望着蔚蓝天空下飞过的鸽子。

忽而她脚步一停，驻足在一家咖啡馆的面前，这家咖啡馆是木质边框彩色玻璃纸装饰的门面风格，玻璃门上悬挂着一串铃铛，微风吹过正铃铃作响，门边躺着一只毛茸茸的波斯品种的猫，想来是有些倦了，只是将头整个埋在身体里面呼呼大睡。

女人推门进去，在靠近窗户的位置上坐下。

"请问您要点什么？"店主沧桑而又沙哑的声音，带

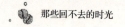

着些微弱的颤抖。

　　女人从那双沧桑的男人的手中拿过菜单，她打开菜单，指着cupcake一栏的第一个道："就点这个吧，这款纸杯蛋糕听着名字倒是挺有意思的。"

　　"好的，一份洛潜心，您稍等。"

　　一阵门铃声响起，店员们忙忙碌碌地招待着客人。

　　"欢迎光临榕树巷37号。"